Helga Schicktanz

4 Stücke + 1

Bibliographische Information der Deutschen Bibliothek:
Die Deutsche Bibliothek verzeichnet diese Publikation in der Deutschen
Nationalbibliographie. Detaillierte bibliographische Daten sind im Internet über
http://www.ddb.de abrufbar.

ISBN 3-902324-98-8

Alle Rechte der Verbreitung, auch durch Film, Funk und Fernsehen, fotomechanische Wiedergabe, Tonträger, elektronische Datenträger und auszugsweisen Nachdruck, sind vorbehalten.
Covergrafik: Peter Stöger aus „das monokel des polyphem", 3. Textauszug 1984
© 2004 novum Verlag GmbH, Horitschon · Wien · München

Printed in European Union

Gedruckt auf umweltfreundlichem, chlor- und säurefrei gebleichtem Papier.

www.novumverlag.at   www.novumverlag.de

Inhaltsverzeichnis

Das Geburtstagsgeschenk *(Theaterstück)*   7

31. Oktober *(Hörspiel)*   45

Die zweite Rückholung *(Theaterstück)*   59

Schneewittchen und der Gartenzwerg *(Hörspiel)*   73

Reflexionen *(Erzählung)*   87

Das Geburtstagsgeschenk

(Theaterstück)

(Szenario für eine Schauspielerin – mädchenhafter Typ, aussehend wie Ende zwanzig)

Zeit: Siebzigerjahre des 20. Jahrhunderts

Ort: Wien

Elegant eingerichtetes Wohnzimmer: Spannteppich, Wandverbau, Polsterbank, Beistelltischchen, Schreibtisch, Sessel, Stehlampe, Papierkorb, Zentralheizungskörper, Mittelbeleuchtung.

Sie betritt das dunkle Zimmer *(barfuß, bekleidet mit einem Bademantel, die langen, ungewaschenen Haare offen hängend)*, schaltet die Deckenbeleuchtung ein, dämpft mit dem Dimmer deren Licht herunter; geht zum offenen Fenster *(hinter dem dunkler Nachthimmel ist)*, schließt es, zieht Stores und einen Dekorvorhang zu, öffnet eine Lade im Wandverbau, entnimmt einen Kassettenrekorder, eine leere Kassette, wickelt diese aus dem Zellophan, das sie in den Papierkorb neben den Schreibtisch knüllt; knipst die Stehlampe neben der Bank an; schaltet die Deckenbeleuchtung aus; setzt sich mit dem Gerät auf die Bank, schiebt die Kassette ein, zieht die Beine hoch, legt die Zierpolster bequem um sich, stellt sich den Rekorder auf den Bauch, schaltet ihn ein und beginnt, ins Mikrofon zu sprechen.

(Sie spricht in hellem, kindlichen Tonfall): ... Eichhörnchen, du hast bald Geburtstag ... und ich würde dir so gerne etwas Besonderes schenken, ... am liebsten eine Platinarmbanduhr ... *(Seufzt):* Aber ich hab' zu wenig Geld ... Du hast dir so vieles selbst gekauft, ... manches gefällt mir, ... manches nicht ... Also schenk' ich dir diesmal ein Tonband und sonst nichts ... Ich hörte in diesem letzten Jahr, in dem du mich so oft allein ließest ... alle die Kassetten, die du mir aufsprachst ... Wie lange ist das her? ... Und weinte jedes Mal ... Viele deiner Briefe, die ich vor kurzem wieder durchsah, last du mir darauf vor ... *(Traurig):* Ich hielt den Rekorder im Arm, ... nicht dich ... – damals kannte ich dich ja zu wenig ... Vieles versteh' ich heut' ganz anders, ... dass du bei ... – dass du zu all' den Straßenmädchen gingst, ... weil du keine Zärtlichkeit geben wolltest ... *(Leise):* Dass du bei denen innerlich stets starr und kalt bliebst, ... und dass erst ich dich, ... dass ich erst deine Zärtlichkeit hervorholte, ... weil ich dir ja meine gab ... Ich wollte dir schon oft auch ein Band besprechen ... – heut' hab' ich also damit Premiere, ... aber ich find's schwierig, in dieses Kästchen hinein... Bloß die eigenen Worte zu hören ... – ein Monolog ohne Antwort ... Eigenartig, ... wenn ich in Gedanken mit dir rede, sind die nicht durch meine Stimme gestört ... Ich sitz' auf der Bank ... *(Sie knipst die Stehlampe aus.)* ... Die Leuchte ist abgedreht, ... meine Augen geschlossen ... – vielleicht geht's so leichter ... *(Seufzt.)* Wieder ein Wochenende allein verbracht, ... wie so viele davor, ... wo du nicht einmal anriefst ... Ich bin *(ihre Stimme wird tränendurchsetzt)* so unglücklich, ... so unbeschreiblich unglücklich ... Ach, alle deine guten Worte ... das war doch erst gestern ... *(Hart):* Nein, deine Kassetten sind einige Jahre alt, ... und wenn ich dir dieses Band schenke, ob du es überhaupt anhören wirst? ... *(Weinend):* Auf jeder Kassette, in jedem Brief sagtest du, du würdest mich nie allein lassen ... Wo bist

du? ... Hast du dich von mir entfernt, um mich jetzt zu einer Entscheidung zu zwingen? ... Ich fühlte mich noch nie so verlassen wie in diesem Jahr ... *(Sie knipst die Stehlampe wieder an, spricht mit geschlossenen Augen weiter, versucht einen fröhlichen Tonfall)*: Nein, ich darf nicht weinen ... – das soll ein Geburtstagsgeschenk sein ... Ich will dir ein Bilderbuch schenken, ... mit jenen Bildern, die vor meinen Augen auftauchen, wenn ich an dich denk', ... wo ich glücklich war ... *(traurig)*: trotz der vielen misslichen Umstände ... *(Sie öffnet die Augen, stützt ihr Kinn in eine Hand.)* ... Am Anfang, ... als ich bei dem Astrologen war, ... ich hab' dir doch erzählt, ... dass er sagte, unsere Verbindung sei im Gefühlsbereich sehr innig, ... doch dass es in fünf, sechs Jahren zur Trennung kommt ... Damals lachtest du, ... tatest es als dumme Kinderei ab ... Sagtest, niemals würdest du mich lassen ... *(Zynisch)*: Ob du dich heute noch daran erinnerst? ... *(Sinnend)*: Ja, ... innig ... Von deiner Seite aus, ... wenn's auch von mir nicht ganz so war ... Vielleicht sagst du jetzt, du hast mich nicht verlassen, wir sehen uns ja, ... ja, manchmal, ... denn dass schon lange ein Bruch ist, wirst du nicht leugnen ... *(Seufzt)*: Ich kann nicht mehr sagen: Morgen wird ebenso schön wie gestern sein ... wir sind nur mehr zwei ... – zwei seelisch beschädigte Wesen, die sich noch aneinander klammern, ... aber das weißt du ja ebenso gut wie ich... *(Weinend)*: Nein, ich darf nicht immer denken, es war ... – das kommt nicht mehr ... *(Gefasster)*: Nein, ich wollte dir ja schöne Bilder schildern, ... aber ich bring' sie etwas durcheinander ... – Es ist so lange her, ... ich meine, dieser verschwommene Anfang – in der Fahrschule, ... als ich in die Sitzreihe hineinwollte ... – du warst am Eckplatz, ... ich hab' dir ganz unpersönlich zugenickt ... *(Lächelnd)*: Was dich veranlasste, ... wie du mir später sagtest, ... mir nach dem Unterricht nachzugehen ... Dann, ... irgendwann ... *(lacht)*: Auf der Ecke der Seilerstätte, ... zu

Mittag, … du warst nur in grauer Hose und einem schwarzen Sakko … – und es war doch Dezember … Ich in dem engen, braunen Samtmantel, … die braune Kappe, … *(lacht)* und rannte dich beinahe um, als ich aus dem Haus eilte … Wir redeten über die Fahrschule, … ich weiß, wie deine Augen mich anblickten … *(lächelt),* so durchdringend, … als ob sie mich durchbohren wollten … – und deine buschigen, verwilderten Augenbrauen … Damals hast du mir deinen Namen gesagt, … den ich nicht richtig verstand, und fragte: Wie? … Und *(lacht)* ob er russisch sei? … Ich dachte, der passt zu deiner optischen Wildheit … *(Zärtlich):* Wie hätte ich damals ahnen können, dass hinter deiner wilden Fassade ein gutes, einsames Herz steckt … Niemals! … Irgendwann, … lange nachher, … sagtest du mir, du bist damals aus Erregung vor mir davongelaufen … *(Lacht)* … Ach, wenn wir gewusst hätten, … welche Gefühle jeder in dem anderen hervorrief, … das wär' lustig gewesen … Dann gibt es dieses Bild unseres ersten Abends, … als wir in die Kammerspiele gingen … *(Überlegend):* Wo wir uns trafen? … Keine Ahnung … Welches Stück wir sahen? … Keine Ahnung … Mir ist bloß erinnerlich, dass du vorher essen gehen wolltest, … dass ich das Lokal nicht kannte und äußerst indigniert war, … so ein hässliches Beisl, … ganz verraucht, … der Speisengeruch, … die Gäste so gewöhnlich … – und dorthin gingst du mit mir! … Damals war ich bereits auf mich wütend, dass du mich überredet hattest, mit dir auszugehen … Aber wo wir uns trafen? … Das weiß ich wirklich nicht mehr … Doch an den Widerwillen, mit dem ich dort saß, kann ich mich genau entsinnen … Ich sah sehr elegant aus in der schwarzen Seidenhose und der bestickten türkisen Bluse … Na ja, und du vis-a-vis von mir, … *(leicht verächtlich):* … so ein junges Bürschchen … Ja, ich war über mich sehr verärgert, mich mit dir verabredet zu haben, … genauso verärgert, als du dann ein Taxi nahmst, … *(lacht)* … das empfand ich als Verschwendung, ... da du mich ja nichts bezahlen ließest ... In der Theatergarderobe entdeckte ich, dass dein Hosenbein weiß war, ... du musst irgendwo angestreift sein ... Dein Hemd hatte an der Vorderseite Flecken, ... deine Fingernägel gefielen mir auch nicht ... Deine verstrubbelten Haare ... – so ungepflegt, dachte ich ... Wie konntest du nur derart ungepflegt zum ersten Rendezvous gehen, ... die ganze Vorstellung lang war ich böse auf mich, ... wie mir denn einfallen konnte, mit dir auszugehen ... *(lacht)* ... Genauso war ich dann wieder bös', als du in der Pause fragtest, ob ich ein Glas Sekt trinken will ... Ich dachte abermals, das kostet für deine Verhältnisse zu viel ... Nach der Vorstellung gingen wir zu Fuß, ... weil ich dagegen war, dass du abermals ein Taxi bestellen wolltest ... Anschließend das Café in der Himmelpfortgasse, ... es war ebenso hässlich wie das Esslokal, ... schäbig, ... eine Lampe bei den Wandleuchten an unserem Tisch war ausgebrannt ... – überhaupt war das ganze Lokal düster, ... und ich verärgert über deine Bemerkung, dass es uns vielleicht angenehmer sein wird, wenn es schummrig ist ... *(Zärtlich)*: Dir ist dieser Abend, ... wie du mir hinterher schriebst ... als wunderbar in Erinnerung geblieben *(lacht)* ... Na ja, ich merkte selbstverständlich deine Schüchternheit, ... die war mir schon sehr recht ... Ich hatte fest vor, diesem Abend keinen zweiten nachfolgen zu lassen, ... wie ich's dir auch schrieb ... Beim Verabschieden hegte ich wirklich keine Befürchtung, dass du auch nur den Versuch machen würdest, mich zu küssen ... Ich merkte doch, dass du ... *(lächelt)* ... – na, du warst von mir derart beeindruckt ... – darüber freute ich mich schon ... Wie anders sieht ... – jetzt ... – der Rückblick auf den Fremden aus ... Dann jenes Bild vom Hofburgball, ... *(lacht)* ... – ach heute, ... heut' hab' ich dich lieb, zärtlich lieb dafür, dass du damals Privattanzstunden nahmst, weil du unbedingt gute Figur neben mir machen wolltest *(lacht)* ... Und wie missglückt das war, … du wartetest in der Eingangshalle, … in dem dunkelgrauen Mantel, … mein erster Gedanke, als ich dich erblickte, war: Der Mantel ist altmodisch und dir viel zu weit … – und du schaust, … du schaust nach nichts aus … *(Lacht)*: Beim ersten Tanz stellte sich dein Nichtkönnen sofort heraus … Heute weiß ich ja, wie viel Angst du ausstandest, … *(lacht zärtlich)* … damit du dich nicht vor mir blamierst … Als wir bei der Polonäse zusahen, legte ich meine Hand in deine … – und du drücktest sie zitternd … *(Zärtlich)*: Ich weiß, wie glücklich du darüber warst, … ich spürte dein Glücklichsein, … aber als ich dich ansah, dachte ich: Ach, dieses Burli, … wieso bin ich denn mit dem hier! … An dem Tischchen redete ich die ganze Zeit auf dich ein, … erzählte dir einiges über mein Leben … und erklärte dir, dass ich nichts für dich sei … Du bliebst großteils stumm, … sahst mich abwechselnd mit verzehrenden oder verzweifelten Augen an, … warst nicht mehr auf die Tanzfläche zu bringen … *(lacht)*… Es war ein Fiasko … – und ich ziemlich wütend auf mich, … mit dem festen Vorsatz, dem Ganzen ein Ende zu machen … Das Einzige, das kein Fiasko war und die Diskrepanz zwischen meiner … *(überlegt)* … Empfindung zeigt, und dem, was ich mit Drumherum meine, … obwohl du doch so ein … – so ein unbeholfenes Bürschchen warst, … ich hatte Zutrauen zu dir … *(Zärtlich)*: Ja, Zutrauen ist wohl das rechte Wort … *(Sinnend)*: Es war damals Zutrauen, … auch Vertrauen … – als ob ein Tier seinen Kopf in die Hand eines Menschen legt, … von dem es sicher ist, keinen Schlag, sondern ein Streicheln zu erhalten… Und dann beim Abschied, … als ich dir … ein bisschen aus Mitleid über deinen verbalen Kampf dagegen, dass ich dich nicht mehr sehen wollte, … über die Wange strich, … da zucktest du zurück, … als hätt' ich dir einen Schlag versetzt … Als Griff in dein Herz hast du das empfunden, … sagtest du mir später … und die Folge war dieser ... – dein verzweifelter Kuss, ... der eigentlich keiner war, ... sondern ein wildes Durcheinander, ... bei dem du mir *(lächelt)* ... beinahe die Zunge ausgerissen und zerbissen hättest ... – Straßenmädchen küsst man nicht, ...wie hätte ich ahnen können, dass es dein Jungfernkuss war, ... voll unwissender Leidenschaft *(lacht)* ... Dann gibt's ein optisch schönes Bild für mich, ... jener Abend in der Volksoper ... Ich trug das kurze, schwarze Kleid ... als ich dich in der Dämmerung auf der Stiege hinter dem Blumenrondeau stehen sah, ... von weitem, ... in dem blauen Samtsakko, ... der breiten Seidenkrawatte, ... die wir vormittags miteinander gekauft hatten ... Deine Haare waren hell, gewaschen und wohlfrisiert, ... deine Augen blickten mir so zärtlich entgegen, ... da dachte ich, mein kleiner Prinz ... Ich glaub', damals war ich ein bisserl in dich verliebt ... Ich weiß nicht mehr, welche Aufführung wir sahen ... Es ist bloß dein schöner optischer Eindruck geblieben ... *(Ärgerlich)*: Aber ich weiß auch, als wir dein Sakko kauften, wie linkisch du dich in dem Geschäft verhieltest, und ich mich maßlos ärgerte ... über deine Unsicherheit ... *(zärtlich)*: mein Eichhörnchen ... Dann gibt's jenes Bild, als wir nach Salzburg fuhren, ... hinunter gingen vom Hotel zum Auto ... – Du in dem neuen, braunen Sakko, ... mit der neuen Sonnenbrille, ... mit der du älter aussahst, ... elegant ... – in diesem Moment gefielst du mir auch *(lächelt)* ... *(Leicht wütend)*: Und abends in der Bar ärgerte ich mich wieder schrecklich, ... weil doch von Tanzen bei dir keine Rede war ... Und ich fand's deprimierend, Tanzmusik bloß anzuhören ... *(Zärtlich, ernst)*: Ach, Eichhörnchen, dass du später so gut tanzen lerntest, ... für mich, ... obwohl du das vorher niemals wolltest, ... dass du's jetzt viel besser kannst als ich, ... dass du mir so viel beibrachtest, ... darüber bin ich stolz auf dich ... Oder, ... eher mehr glücklich, ... wie viele wunderschöne Stunden hatten wir dadurch ... *(Etwas von oben herab)*:

Obwohl du oft in der Tanzschule eine unmögliche Figur machtest, ... ich mein' dein Auftreten, ... manchmal schaute ich dich in der Männerreihe an und dachte, also das ist jener, der mich so sehr liebt, ... warum kannst du nicht selbstsicherer sein? ... Das störte mich sehr ... *(Traurig)*: Siehst du, zuerst gab ich dir Blumen, ... und jetzt nehm' ich sie dir wieder weg ... Nein, das soll ich nicht, ... ich sollte dir jetzt sagen ... *(vergnügt)*: Erinnerst du dich daran, als wir beim Kelleraufgang in der Tanzschule übten ... Acht gebend, dass niemand käme und uns überraschte? ... Erinnerst du dich, als ich dir im Türkenschanzpark die ersten Schritte beibringen wollte? ... Damals dachte ich ja noch, ich könne gut tanzen *(lacht)*... Eigentlich sollte ich jedes Bild, das ich dir zeige, einrahmen, ... also das nächste stellst du dir ...

(Im Nebenraum läutet ein Telefon; sie stellt den Rekorder ab, läuft hinaus. Man hört sie kurz sprechen, ohne die Worte zu verstehen. Sie kommt zurück, schlichtet die Kissen in die andere Bankecke, legt sich bäuchlings auf die Sitzfläche, schaltet das Gerät wieder ein, spricht hinein):

... Ein Anruf hat mich unterbrochen, ... eine Fehlverbindung. *(Traurig)*: Nicht du ... Was schilderte ich dir zuvor? ... Vieles fällt mir ein, ... aber nicht chronologisch ... *(Zärtlich)*: Ein Bild in einem zarten, silbernen Rahmen, ... ein großes Bild ... in der Gartenausstellung ... im Sommer ... Ich in einem neuen, lindgrünen Kleid, ... der Mond strahlte riesengroß und rot, ... damals war's das erste Mal, dass ich einen roten Mond sah'... Wie entzückt ich darüber war ... *(Sinnend)*: Wir gingen in dieser warmen, nach Laub und Blüten duftenden Nacht ... zu diesem ... – wie hieß das? – ... Mondgarten. Ja, Mondgarten, ... mit der Standuhr, ... der Schaukel, ... dem Auto ... und dem Laubengang aus weiß lackiertem Schmiedeeisen ... Ich setzte mich auf die Schaukel ... und du knietest vor mir im Mondlicht, ... nur wir auf der Welt … Du küsstest meine Knie, … meine Fußsohlen … Ach, welche Zärtlichkeit strömte aus meinem Herzen zu deinem, … dann hinunter zum Teich, … die Frösche quakten … Wie verliebt du in mich warst, … so voll Anbetung, … eine Nacht wie in einem Traum, … so unwirklich … *(Seufzt)*: Schön sich zu erinnern, … davor zu flüchten, wie es jetzt ist, … jener Nachmittag, … wie lange ist auch der dahin … – ein halbes Jahr … Wir hatten uns zwei Monate nicht gesehen … *(Traurig)*: Das war schon in der Zeit, wo du von mir wegbliebst, … du kamst aus Rom … in dem neuen, braunen Ledermantel, … dem braun gestreiften Anzug … Ich sah dich an und dachte, schön, das Burli hat Geschmack entwickelt … Du kannst dir schon allein etwas kaufen, das dir gut steht, … elegant aussieht, … das freute mich … *(lacht)*: Du hattest dazugelernt … *(Sie setzt sich in die Mitte der Bank, das Aufnahmegerät vor sich auf den Knien)* … Und die Blumenminiaturen, … wie ich's für mich nenn', … die vielen, vielen Blumen, die du mir schenktest … Orchideen als erstes, … nie hätt' ich gedacht Orchideen zu bekommen … Sicher zeigte ich dir, wie sehr ich mich freute, … aber ich will's dir auch auf dieses Band sagen, … wo du es öfter hören kannst, … wenn du willst … Wie glücklich war ich stets über die vielen Lilien, … die Rosen, … einmal brachtest du einen Riesenstrauß Miniaturröschen, … sagtest: ‚Das sind die Schwestern meiner Brustspitzen', … die Biedermeierbouquets, … die Tulpensträuße … Ach, manchmal ähnelte die Wohnung einem botanischen Garten von diesem Übermaß … Und Päckchen, … und Gedichte … Eichhörnchen, … all' diese vielen Bilder vor mir, wo du mich mit Geschenken überschüttetest … – Sie sind zu einem Bild verschmolzen, … eines, wo ich wie … – wie im Märchen die Sterntaler … statt goldener Münzen Blumen über mich gestreut … *(Ernst)*: Dass du deine Ersparnisse von zehn Jahren dafür verbrauchtest und nicht eine großartige

Gehaltserhöhung bekommen hattest, … wie du mir erklärtest, … war gut, dass ich damals nicht wusste … *(Versonnen)*: Zu den Glücksbildern zählt auch jenes, als wir in Kaprun waren, … in dem eleganten Alpenhotel … Ich legte mich zeitig zu Bett, … war so müde und fürchtete krank zu werden, … fühlte mich grässlich und hässlich, … war nicht geschminkt, … die Haare nicht gewaschen … und dann kamst du … *(zärtlich)*: Und hast Rosenblätter über mich gestreut … Ach, Eichhörnchen, sich selbst unansehnlich zu finden, … und mit Rosenblüten bedeckt zu werden … Es war wirklich das Allerschönste, das ich mir ausmalen konnte, … mein Schmetterlingsprinz … *(Sie drückt den Rekorder fest an ihre Brust)* … Ich weiß, ich filtere Szenen aus unserer Gemeinsamkeit, *(sie greift sich an die Stirn)* … denn das Gesamte, … die ganze Zeit, … war nicht so, … wie es richtig hätte sein sollen … Es war stets, … ich war immer belastet, … seelisch belastet … Ich weiß, ich quälte dich oft, … unabsichtlich, … nie war ich mit meinem ganzen Herzen, … nie hundertprozentig bei dir … – oder nur sehr selten … Doch wenn ich mir diese Szenen hervorhole, … dann gibt's nur dich und mich und was wir zusammen erlebten, … darum sind sie in der Erinnerung so schön, … sicher schöner als sie in Wirklichkeit gewesen sind … *(Heiter)*: Ich will dir auch erzählen, was ich an dir liebte … *(Traurig)*: Ja, ich sag' liebte … Oder was eben veranlasste, dass du ein Stück, … dass du ein Stück von meinem Herzen bekamst, … von Anfang an nur ein Stück … Du hast nie alles gehabt, mein Eichhörnchen … Ich sagte es dir stets, … doch dieses Stück ist die Sanftheit in mir, … die in deiner einen Widerhall fand, … aber da ich nicht nur daraus bestehe – und du auch nicht nur diese Facette an dir hast, … war's eben nur Stückwerk und kein Ganzes … *(Fröhlich)*: Ich erzähl' dir jetzt, was mir an dir gefällt … Also ich fang' ganz oben an, … nein, ich fang' im Gesamten an, … im Gesamten gesehen ist deine Größe wunderschön … Ich kann hohe Absätze tragen, … obwohl die wirklich ungesund sind … Ich lauf' ja auch nicht ständig damit herum, … aber sie machen meine Beine noch länger … Es ist beim Tanzen schön … – *(Energisch)*: Es ist aber überhaupt nicht gut, wenn wir gemeinsam unter einem Schirm gehen, … dann ist deine Größe unangenehm, … in den flachen Regenstiefeln bin ich viel kleiner, … der Schirm ist hoch über dir und der Wind weht mir den Regen ins Gesicht … *(lacht)* … Weißt du, manchmal denk' ich mir, … weil ich ein hässliches Entlein bin, darum lieb' ich Schönes … Ich mein', was ich schön finde, … darum bin ich so darauf erpicht, dass alles gut aussieht, … immer gepflegt ist, … weil ich die eigene Hässlichkeit verstecken will, … stets so viel Zeit benötige, um mich herzurichten … Ich will mich nicht hässlich sehen … – und auch alles andere um mich soll mein Auge erfreuen … Na ja, *(lacht)* … darum kritisiere ich derart viel, … darum bin ich auch bemüht, aus dir etwas Hundertprozentiges zu machen … *(Sie spricht rasch)*: Also deine Haare, … was soll ich darüber sagen … Ich weiß, dass du selbst nicht froh bist über deinen Krauskopf … Wenn du einen anderen Beruf hättest, … irgendeinen künstlerischen, … dann könntest du ganz existenzialistisch gekleidet sein, … und diese unmöglichen Haare würden dazupassen … Aber da du den nicht hast – und ich ein elegantes Aussehen vorziehe –, sind sie wirklich eine optische Katastrophe … *(seufzt)*. Weißt du, wenn ich an den Abenden allein dasitze, … dann schau' ich mir unsere Fotos an, … trinke, … ja, ich trinke, … starre nachts aus dem Fenster … Oft hab' ich den Mond beobachtet, … links kommt er übers Dach, … sein beruhigendes Licht, … dieses schöne Licht, … das uns oft die Lampe war … Dann geh' ich schlafen, … mit Tabletten … Seit Monaten leb' ich schon so, … niemand, den ich umarmen kann … Wie ich das aushalte? … Ich weiß es nicht, … fühl' mich als ausgebrannte Hülle, … und bin froh, wenn es Montag wird, … ich in die Kanzlei muss, … obwohl ich lustlos mein tägliches Arbeitspensum hinter mich bringe … Froh bin ich, dass die Routine dabei hilft, … dann geh' ich nach Haus' … Abends gibt's ja immer in der Wohnung was zu tun, … aber hat das einen Sinn? … Jetzt bin ich siebenunddreißig, … unglücklich, … unzufrieden mit meinem Leben … Vor zwanzig Jahren, … vor zehn Jahren, … immer dasselbe, … all die Jahre … unglücklich, … aber zumindest war es damals nur ein Mann, … nur eine Richtung, … nur ein Ziel, … worum ich kämpfte, … litt, … weinte … Seit ich dich kenne, ist doch meine Liebe zu ihm, … sie ist belastet mit der Liebe, die du mir entgegenbringst, … gebracht hast … Warum kann er nicht so verstehend, … warum bist du so … – und … na ja, … du weißt schon, … ich kann und will nicht mehr mit ihm ins Bett … Ich fühl' mich wie ein Opfer, … wart' einfach darauf, was auf mich hereinbrechen wird, … ich werd' alles akzeptieren … Wenn er sagt, jetzt lassen wir uns scheiden, … so wie es jetzt ist, … so will ich nicht mehr … So kann ich nicht mehr … In diesem Gefühlszwiespalt ist das Leben noch unerträglicher, … aber was ist nachher, Eichhörnchen? … Wenn hinter ihm die Tür endgültig zufallen wird, … und du bist auch weg? … Nein, ich will dich jetzt nicht anklagen, … es fällt mir bloß stets ein, dass ich alleine nicht existieren kann … Ich weiß, ich ließ dich oft allein, … wie viele Sonntage, … Feiertage, … Urlaube, … die ich mit ihm verbrachte … Ich weiß, Eichhörnchen, ich hab' auch dir gegenüber Schuld auf mich geladen, … büß' es ja nun, … sitz' wieder da und klag' bei dir … Nein, nicht bei dir, … ich klag' allein und stell' mir vor, du hörst mir zu … Doch du hörst mir ja nicht mehr zu, … hörtest mir jahrelang zu, … tröstetest mich jahrelang, … sagtest mir jahrelang, komm' doch endlich zu mir … – und mein Herz ist zerrissen und weiß trotzdem nicht … Ich wag' es nicht, in einer Richtung zu Ende zu denken, … denn das Ergebnis ist nicht, was ich mir wirklich als gut und erwünscht vorstelle, … weder bei ihm noch bei dir … Ich will kein Kind in die Welt setzen, … das letzte Mal als er und ich stritten, … nein, nicht stritten, … es war eine Anklage von seiner Seite … Er warf mir vor, er möchte keine Mätresse … *(Überlegend)*: Eine Mätresse war eine geliebte Frau, … der König ist ihr zu Füßen gelegen, … hatte eine Gemahlin, die er nicht mochte, … so war die Mätresse die glücklichere … Aber ich bin seine *(lacht gequält)* Gemahlin und will keine Mutter sein … Du liebtest und verwöhntest mich von Anfang an … Es ist so zermürbend etwas erzwingen zu wollen, … das weißt du ja am besten, … auch du warst so verzweifelt über mich wie ich über ihn … Ach, Eichhörnchen, mein Eichhörnchen, … ob du dieses Band überhaupt anhören wirst? … Vielleicht bist du gleichgültig geworden, … denkst, dieses Kind wird nie erwachsen, … ruiniert sich und andere … Ich weiß ja, was ich will, … aber ich bekomm' es nicht, … nicht von einem allein … Wir beide, … du und ich, … wir haben doch, … ich mein', … unsere Seelen verstehen einander, … aber nur, weil sie traurig sind … Du wirst sagen, ich soll nicht wieder damit anfangen, … dass du fröhlich sein kannst … Es ist ja einer der Gründe, warum ich ihn liebe, … ich bin doch von Grund auf ein melancholisches Geschöpf, … weiß, dass ich jemanden brauch', der mich mitreißt … Das hat er getan, … früher, … in guten Zeiten, … all' meine Lebensangst und Nöte vergess' ich, wenn ich spür', da ist Stärke, da kann ich mich anlehnen … Eichhörnchen, jetzt steh' ich symbolisch vor deiner Tür, … bettle, dass du mich nicht ganz verlässt … Wie lang' ich betteln kann … – und werde? … Bestimmt nicht so lang' wie bei ihm, … das tat ich bereits zwanzig Jahre, … irgendwann ist die Kraft erschöpft … Ja, du hast um mein Herz gekämpft, … aber wenn das nicht mehr nötig ist, …

glaubst du, dass wir miteinander unbeschwert sein können? ... Bisher war das nur sporadisch, ... ich war meist deprimiert, ... na ja, ich sollte davon nicht reden, ... sollte besser sagen, was ich an dir liebte, ... noch immer liebe ... Ach, Eichhörnchen, ... du mein Lieber, Sanfter, Guter, ... du wirst mir nie ankreiden, dass ich schöne Dinge liebe, ... du wirst nicht ... wie er sagen: Die hässlichste Ziege will an der besten Quelle trinken ... Ich will doch den Mann neben mir bewundern, ... sonst kann ich dich nicht lieben ... Dass ich in deine wunderschönen Wimpern verliebt bin und sie dir ausreißen möchte, ... *(lacht)* ... nein, nein, ... nicht ausreißen, das wär' furchtbar ... Ich sage das bloß, weil ich selber gern' so lange, dichte Wimpern hätte, ... *(zärtlich)*: Dann könnten wir mit den Wimpern aneinander klimpern *(lacht)* ... Und ... deine Augen ... *(zärtlich)*: Sie können mich ansehen, ... haben mich angesehen, ... bewundernd ... Wie glücklich war ich über diesen Ausdruck, ... wie zärtlich können sie schauen, ... und verführerisch, dass mir ganz schwach im Magen wurde, ... auch so ... – so ein bisschen entrückt, ... irrsinnig ... Vor diesem Blick fürchtete ich mich, ... diese Wildheit, ... aber vielleicht würdest du die verlieren, wenn ich immer bei dir bliebe ...
(Sie schaltet das Gerät aus, geht zum Wandverbau, klappt die Tür zum Barfach auf, entnimmt eine Flasche, geht zurück zur Bank, schaltet den Rekorder wieder ein und stellt ihn neben sich.)
... Ich werde jetzt etwas trinken *(sie trinkt aus der Flasche, verzieht das Gesicht)*, ... brrr, ... ein kleiner Schluck war's bloß, ... ich hab' nur Kirschlikör hier, ... grässlich ... *(Sie trinkt abermals.)* ... Noch einen Schluck, ... später werd' ich dir sagen *(lacht),* wo der Alkohol hingewandert ist, ... *(Fröhlich)*: Eichhörnchen, alles Gute zum Geburtstag ... *(Traurig)*: Ich kann nicht anstoßen mit dir, ... also Prost, ... auf ein schönes, glückliches, neues Lebensjahr für dich ... Nein, ich will nicht solche Floskeln sagen, ... liebes Eichhörnchen, ich

wünsch' dir alles Schöne, das es gibt, ... ich wünsch' dir, dass alle deine Sehnsüchte erfüllt werden ... *(Mit tränenerstickter Stimme)*: Ob die noch mit mir zusammenhängen? ... Also dieses Kasterl hat einen Vorteil: Wenn ich zu weinen beginn', brauch' ich bloß die Taste drücken und du hörst das Weinen nicht mehr ... Bei deinem ersten Band hast du ein bisschen zu spät ausgeschaltet, ... ich hätt' dich für dein Weinen gerne in meine Arme genommen, ... *(sie trinkt abermals)* ... du nahmst mir alles wieder weg, ... alles gibt es nicht mehr ... Kein Tanzengeh'n, ... keine Briefe, ... keine Gedichte, ... keine Blumen, ... keine Geschenke, ... kein Ausgehen, ... kein Anruf ... Ja, du hast dich von mir entfernt, ... und wenn ich deine Briefe lese, ... in jedem steht, dass du mich liebst und ich mich endlich scheiden lassen soll' ... Die Bänder, ... auf jedem sagst du, wie sehr du mich liebst und ich soll's nicht vergessen ... Ich hab's ja nicht vergessen, ... sonst hätt' ich doch nicht diese seelische Qual, ... wenn ich mir vorstell', es ist aus ... mit dir ... Ich glaub' das nicht, Eichhörnchen, ... obwohl, ... es spricht doch alles dafür ... Jeder würde sagen: Er hat genug, ... aus, ... vorbei, ... es war, ... du lebst, wie du früher gelebt hast, ... aber das gibt's doch nicht, ... das darf's nicht geben ... Nicht bei dir ... Wir redeten oft davon, dass unsere Situation so nicht bleiben kann ... Sie war auch nicht gut, so wie sie war, ... aber ich hab' nie gewusst, wie es sein wird, ... wie ich leben werd', ... wenn du wirklich weg bist ... Doch ich sollte, ... ich darf gar nicht klagen ... Wie warst du doch neben mir unglücklich, ... wie hast du mir dein ganzes Gefühl, ... all' deine Zärtlichkeit so vorbehaltlos gegeben, ... und wie wenig hast du von mir bekommen, ... nicht was ebenbürtig gewesen wär' für dein Meer von Liebe ... Ich darf nicht klagen, ... du warst jahrelang gut und liebevoll zu mir ... *(die Stimme wird tränenumflort)*: Ich weine gleich, ... nein, ... ich stoß' mit dir an, ... ich muss noch mehr trinken, ich wein' ja schon, ...

das darf ich nicht *(sie schnäuzt und räuspert sich)* … Warum wirkt denn dieser Likör nicht? … *(Sie nimmt einen Schluck, verzieht das Gesicht)*: Brrr, … der ist lediglich süß, … ohne Wirkung … Ach, Eichhörnchen, warum, … warum warst du immer so zärtlich, … hast meine Beine geküsst, … so oft denk' ich daran, … wenn du meine Schuhe auszogst, … meine Sohlen streicheltest, … vielleicht hat das für dich mit Erotik zu tun, … mich rührtest du damit bis in die tiefste Seele … *(Fast weinend)*: Ich sehn' mich nach diesem verdammten Schuheausziehen und Füßeliebkosen, … das war immer wunderbar … Warum sehn' ich mich bloß so sehr danach? … *(Schnupft auf.)* … Wenn du hinter mir die Treppen hinaufgehen wolltest, … meine Beine dabei streicheltest, … stets freute ich mich so sehr darüber, … *(trinkt)* … ach, es ist schön, dass ich dir gefall', … dass ich dich aufregen kann, … deine Küsse, … du hast mich doch überall geküsst, … überall … Weißt du, seit du mich mit deinen begehrlichen Augen ansahst, … schau ich anders, bewusster in den Spiegel … und betrachte, wovon du sagst, es sei schön *(trinkt)* … Wieso glaubst du das? *(lacht)* … Ich bin doch gar nicht schön, … der Likör wirkt, … ich werd' betrunken, … der Alkohol sitzt jetzt … im Nacken *(lacht)*, … da ist er noch nie gesessen … *(Sie redet stockend)*: Ich kann meinen Hals gar nicht richtig drehen, … noch ein Schluck *(trinkt)*, … brrr, … grässlich … *(Ihre Stimme klingt zusehends betrunkener, langsamer.)* … Es ist Sonntag … nein, Montag, … ein Feiertag, … Pfingsten, … und ich bin allein, … wie lange schon … Soll ich dir erzählen, was ich dieses Wochenende unternommen habe? … Ich war im Krankenhaus bei meiner Mutter, … hab' gesehen, wie das ist *(weinend)*, wenn das Leben langsam zu Ende geht … Heute war ich nicht dort, … sondern gestern, … ach, weißt du *(weint stärker)*, … ich denk' daran, dass ich auch bald so weit sein werd', … dass meine Haut auch bald so aussehen wird, … dass ich voll Schmerzen wo liegen werd',... *(schnupft auf, schnäuzt sich)* ... verzweifelt liegen werde,... das war mein Leben... Welchen Sinn hat es gehabt?... Nein, ich weine nicht, weil ich betrunken bin,... in den letzten Tagen weinte ich fast nur... Ach Eichhörnchen, du riefst mich schon lange nicht mehr an,... du bist nicht da, wenn ich dich brauche... Entschuldige, ich sollte das nicht sagen,... du warst jahrelang für mich da,... ich hab' deine Liebe viel zu sehr in Anspruch genommen... Gestern war ich im Theater,... in den Kammerspielen,... allein,... das erste Mal war ich allein im Theater... Das Stück interessierte mich nicht,... ich ging ja bloß hin, um mich abzulenken,... weil ich nicht ständig daran denken will *(trinkt),*... dass meine Mutter schwer krank ist,... dass ich allein bin... und nicht aus und ein weiß... Ein Mann sprach mich an,... ich wusste das ja, wenn ich allein' wo hingeh'... Der Mond war eine Sichel im klaren Himmel,... ich dachte an den Frühling, als wir im Stadtpark vor dem beleuchteten Strauch tanzten,... *(seufzt)*... um 4 Uhr früh erwachte ich heute,... rief bei dir an... Du warst nicht zu Haus',... ich muss wieder 'was trinken, sonst werd' ich nüchtern,... das möcht' ich nicht *(trinkt)* ... Schmeckt grässlich *(sie schnäuzt sich, wirft alle bisher verbrauchten Papiertaschentücher in den Papierkorb),*... noch ein Schluck *(trinkt),*... pfui,... die Flasche ist halb leer... Eichhörnchen, du sollst dieses Band nur anhören, wenn du selbst betrunken bist,... aber du trinkst ja nie,... du wirst mich verachten,... oder mich nicht mehr lieben... *(Trinkt)*... Pfui,... brrrr,... puh,... es schmeckt grässlich... *(ihre Stimme wird langsamer)*: Wo war ich denn?... *(Sie spult das Band zurück, hört die letzten Sätze ab)*... Heute Vormittag fuhr ich nach Schönbrunn,... ich liebe diese gepflegte, schöne Gartenanlage... *(ihre Stimme wird klar und hell)*: An der Freitreppe ging ich vorbei und erinnerte mich,... hier war ich einmal glücklich zu meinem Geburtstag,... die Fotos, die du dort... und seitlich im Kammergarten, ... bei der Bronzevase ... Du liebtest mich sehr, ... ich ging dort, ... suchte dich, ... suchte mich, ... das Glücksgefühl von damals ... *(weint)* ... und sah nur, dass ich allein bin. *(Sie greift in eine Tasche des Bademantels, dann in die andere, sucht nach Taschentüchern, findet keine.)* ... Ich muss mir Taschentücher holen ... *(Sie steht auf, geht hinaus, kommt kurz darauf zurück, eine Bademanteltasche ist sichtbar gefüllt mit Papiertaschentücherpackungen. Sie entfernt von einer Packung das Zellophan, schnäuzt sich, wirft Zellophan und das gebrauchte Taschentuch in den Papierkorb, öffnet das Kassettenfach und wendet die Kassette, spricht wieder in den Rekorder)*: ... Ein Eichhörnchen lief mir zu *(weint)*, ... das hätte es nicht tun sollen, ... dann ging ich in den Tiergarten, ... wenig Besucher waren ... Nein, dort hat mich niemand angesprochen, ... ich war heute nicht sehr attraktiv ... *(Schnupft auf.)* ... Weißt du noch, wie damals der Elefant das Kastanienblatt aus meiner Hand nahm? ... Ich hab' diese Tiere alle gern', ... sehe ihnen gerne zu, ... ich wollt' deine Hand fassen ... Da gab's keine ... Wie soll ich mich freuen ... – allein? ... Wie kannst du es aushalten, ... das Alleinsein? ... Eigentlich bewunder' ich dich deswegen ... Wie kannst du's ertragen, niemanden neben dir zu haben? ... Ich wär' gern' ein Mann, ... mein Leben wär' viel leichter ... *(Sie trinkt, behält die Flasche in der Hand.)* ... Den Robben sah ich lange zu, ... sie bekamen ein neues Bassin und eine Zuschauertribüne wurde angelegt, ... zwei rauften miteinander, ... ein Robbenmann ... – Robbenmännchen kann man zu diesem Koloss gar nicht sagen – ... drängte eine kleine, schmale Robbe vom Felsen runter und legte sich auf deren sonnigen Platz ... Ah, endlich wirkt dieses Getränk, ... jetzt stell' ich die Flasche weg ... *(seufzt):* Der Kaiserpavillon hat den Schanigarten bereits herausgestellt ... Wie schön wär's gewesen, dort mit dir zu sitzen und zu essen ... Ach, hoffentlich wird mir jetzt nicht übel ... *(sie greift abermals zur Flasche)* ... Ich muss noch einen Schluck nehmen ... *(trinkt)*, ... brr, ... hast du dir jemals mit Kirschlikör den Mund gespült? ... Grässlich, ... viel zu süß *(sie verzieht angewidert das Gesicht)* ... Nein, du trinkst ja nicht *(sie schnäuzt sich)*, ... mit der Straßenbahn bin ich zurück, ... in den ersten Bezirk, ... war voll mit Touristen, ... geht man zwischen diesen, fühlt man sich selbst in der Fremde ... Ich sagte dir einmal, ich möcht' mir endlich einen Sexfilm anhören, ... ah, nein, ... nicht anhören, ... ansehen ... *(sie spricht rascher, flüssiger, beinahe in amtlichem Tonfall)* und ging ins Grabenkino ... Es war Mittag, ... das ist gut, dachte ich, ... da ist sicher niemand drinnen und sieht mich, ... außerdem war die Zeit bereits ein bissel über dem Vorstellungsbeginn ... Ich wollt' einen Seitensitz, ... aber die waren alle vergeben, ... so verlangte ich eine noch leere Reihe, ... dort saß ich dann neben einer Säule ... *(spricht langsamer)*: Zuerst sah ich gar nichts, ... aus der Helle des Sonnenlichtes hinein in das Kinodunkel ... Dann bemerkte ich die ziemlich vollen Reihen, ... obwohl es Mittag war, ... auch viele Frauen ... und dachte ... *(spricht langsam)*: Na, so was! ... Ich fand's schad' um die Aufnahmen, ... die fotografisch recht gut waren ... Sogar eine Handlung gab's, ... was ich vorher nicht annahm ... Weißt, ich saß dort, wurde immer kleiner, ... sank richtig in mich hinein ... Aha, der Likör wirkt nicht mehr, ... ich muss wieder trinken, sonst werd' ich nüchtern ... *(trinkt.)* ... Dieses Getränk ist einfach zu süß und hat viel zu wenig Alkohol ... *(schnupft auf)*, ... brrr, ... jetzt werd' ich mich bald übergeben ... Hoffentlich nicht ... Also weißt du, diese geistlosen Gesichter der Akteure, ... ich fühlte mich, ... ich fühlte mich nicht wohl, ... es war mir peinlich ... Also, dass man sich so etwas ansieht, ... freiwillig, ... zum Vergnügen... *(Nachdenklich)*: Eigentlich hat mir der Film nur bestätigt, dass Sex ohne Liebe doch was abscheulich Abstoßendes, primitiv Tierisches ist, ... nein, *(lacht auf)* ... ich kam nicht verdorben heraus, ...

(seufzt): Vielleicht nur ein bisschen erschüttert darüber, dass solche Filme produziert werden, … dass es Menschen gibt, … so viele, … die sich das anseh'n, um sich damit anzuregen, … aufzuregen, … also für mich war's das erste und letzte Mal … Die Darsteller sagten mir vom Typ her auch nicht zu … Vielleicht, wenn sie mir optisch sympathischer gewesen wären, … hätt' ich's nicht derart abstoßend gefunden … Ach Eichhörnchen, das war, … es war irgendwie diskriminierend für eine Frau … Der Film war typisch für Männer gemacht, … die Intimaufnahmen nur von den Frauen … Ja, ich schämte mich, dort zu sitzen, … ließ meine Sonnenbrille auf, … versteckte mich dahinter … Zu Haus' stickte ich dann an der gelben Tischdecke weiter … Eichhörnchen, du bist auch ein Mann, … es war so erotisch mit dir, … aber eben nur, weil du mich als ganzen Menschen liebst … Blanker Sex, … das ist nichts für mich, … aber das wusste ich sowieso immer … Dieser Film hat mich nicht aufgeregt, sondern abgestoßen, … gekränkt … Na ja, dir muss ich das nicht sagen, … du kennst mich ja … *(Langsam):* Ich bin wirklich sehr betrunken, … weißt, ich red' ja mit dem, der du einmal warst, … nicht mit dem, der irgendwann einmal anruft … *(Sie schnäuzt sich, wirft das Taschenbuch in den Papierkorb, lacht):* Den Alkohol spür' ich jetzt im Schienbein, … nicht mehr im Nacken … – und in meiner Zunge, … *(lacht)* … aber das erkennst du sicher am Sprechen … *(Weint):* Eichhörnchen, ich darf nicht weinen, … ich hab' kein Recht zu weinen, … ich sollte dankbar sein für alles, das ich bis jetzt bekam … Nicht? … Ich bekam doch alle Sehnsüchte erfüllt, … aber nicht von einem Mann, … sondern von zweien … Von jedem einen Teil, … das ist unerträglich … Ja, ja, ich weiß, dass ich betrunken bin, aber ich weiß auch, was ich dir sag' … Mein Herz kommt nicht von ihm los, Eichhörnchen … Ich kann doch nicht ein Leben lang auf etwas warten … *(Sie seufzt, schnäuzt sich, weint.)* …

Ach, … verzeih' mir, … ich, … warum bin ich nur so? … Ich weiß doch, dass er jetzt mit einer anderen ist, … für ihn bin ich nichts, … für ihn war ich ein kaltes Ding … – und für dich bin ich der Ofen deines Herzens … Eichhörnchen, woher nehm' ich Hilfe, um mich endlich zu entschließen? … *(Seufzt.)* Ach, … aber ich bin um so vieles älter als du … Bitte, sag' nicht, ich soll das nicht immer wieder erwähnen, … es würd' mich wahnsinnig belasten, falls ich irgendwann hörte: Du hast eine alte Frau, … verstehst du? … Ja, jetzt wirk' ich noch jung, … und außerdem: Zwanzig Jahre Leben mit ihm, … Jahre, in denen ich hoffte … Es war sicher richtig, dass du mich … in diesem letzten Jahr allein ließest … Du bist vernünftig … geworden … *(Sie stopft sich Kissen hinter Rücken und Kopf, lässt den Kopf nach hinten fallen, schließt die Augen, hält den Rekorder mit wackelnden Armen vor dem Gesicht.)* … Ich kann mich kaum mehr bewegen, … der Alkohol sitzt überall, … *(leicht lallend)*: Aber ich weiß, dass ich zu dir rede, … zu meinem Eichhörnchen … Schon lange gab's mit dir persönlich kein Sprechen mehr … *(sie schnäuzt sich)* … *(heftig, laut)*: Aber ich wollte doch immer mit ihm glücklich leben, … ich liebe dich nicht so wie ihn, … doch du liebst mich so, wie ich … von ihm geliebt werden wollte … Diese Diskrepanz bringt mich um, … brachte mich um, als du bei mir warst, … bringt mich jetzt um, wo ich allein bin … Ich kämpfte so lange darum, für ihn doch alles zu bedeuten, … und er, … er hatte immer andere … *(weint, schluchzt)*… Er hielt mir vor, dass er von mir keine Hingabe hat, … du hast sie bekommen, … warum, warum ist das so? … *(Sie richtet sich auf, gestikuliert mit einer Hand bekräftigend dazu, doziert)*: Weil ein sensibles Gemüt das gleiche Maß an seelischer und geistiger Zuwendung zurückbekommen muss, um sich aus dieser Sicherheit heraus in die Verletzbarkeit der Hingabe fallen lassen zu können … *(Traurig)*: Meine Mutter wird bald sterben … Ich hatte kein gutes Verhältnis zu ihr, ... aber sie ist doch, ... ist jemand, der mich liebt, so wie ich bin ... Ach *(schluchzt)* ... nein, es ist nicht der Alkohol, ... ich weiß schon was ich sag', ... ich werd' dir diese Kassette schicken ... *(schluchzt)* ... Mit ihm konnte ich nie reden, ... mit dir konnte ich stets reden, ... ich hab' einfach Angst, ... Angst davor, mein vergangenes Leben aufzugeben, ... wegzuwerfen, ... auf dich neu aufzubauen ... Du bist sicher nicht so stark, um all' meine Selbstquälerei, die ich in mir trag', ... dass du die jemals überwinden wirst können ... *(schnäuzt sich)* ... Du bemühtest dich so sehr um mich, ... er tat das nie ... Warum lieb' ich ihn ... immer noch? ... Ich muss wieder trinken, ... *(trinkt)* ... schrecklich schmeckt das Zeug, schrecklich ... Ich wundere mich, dass ich's noch nicht erbrach, ... grässlich, dieser Geschmack, ... du konntest mir mit all deiner Liebe nicht helfen, ... liebst du mich noch? ... Mich allein? ... Wie wird das einmal sein, ... wenn ich mit dir leben werd', ... im Alltag? ... Ich bin keine Frau für alle Tage, ... ich war einmal siebzehn Jahre, ... stand unter der Brücke in der Kälte mit ihm, ... küssend ... *(traurig)*: Und glücklich, ... aber ich bin's nicht mehr ... Meine Venen schmerzen, ... weil ich jetzt zu viel getrunken habe ... Es ist, ... weil meine Mutter jetzt sehr krank ist, ... ich hab' doch niemanden, zu dem ich hingehen kann, ... auch dich nicht ... mehr ... Es ist ganz richtig, dass du mich im Stich ließest, ... jeder ist sich selbst der Nächste ... – und du quältest dich genug um meinetwillen ... Du hast vollkommen Recht, dass ich mich nun allein quälen muss, ... *(betont)*: Du hast vollkommen Recht ... Ich, ... ich halte dir das nicht vor, ... es ist nur, ... wenn es hier so still ist, ... wenn hier niemand ist ... Ja, ich hoffe, dass einer anruft ... Du, ... oder er ... Wie viel' Jahre hab' ich noch? ... *(Tränenerstickt)*: Dann werd' ich auch dort liegen, ... voll Schmerz, ... genauso allein, ... wie sie jetzt ist ... Meine Mutter ... heiratete, ... gebar ein Kind ... –

und jetzt ist sie alt ... *(Sie schnäuzt sich.)* ... Mein Vater ist schon lange tot, ... und ich, ... ich hab' sie bestimmt lieb, ... doch ich wollte ihr nie meine Lebensbedrückung sagen, ... nie wollte ich sie in mein wirkliches Leben sehen lassen. *(Bestimmt)*: Dabei sollte ich doch zufrieden sein, ... es geht mir viel besser als manchen anderen ... Ich hab' eine elegante Wohnung, ... einen gut bezahlten Beruf, ... seh' ganz passabel aus, ... wenn ich mich herrichte, ... hab' keine Sorgen mit Kindern, ... bin nicht krank ... – noch nicht ... *(Sie schnupft auf, schnäuzt sich.)* ... Eichhörnchen, wo bist du? ... Ich sitz' hier, ... bin arg betrunken ... Ach, vor einem Monat, als du anriefst, sagtest du, bei deiner nächsten Geschäftsreise kann ich mitfahren ... Ich hoffe, dass du das noch willst ... Ich hoffe, dass meine Mutter noch leben wird ... Ich hoffe so sehr, dass mir endlich klar wird, ob ich zu dir gehör'... Verzeih' mir, ... ich kann doch nichts dafür, dass ich, ... dass ich ... *(schluchzt)* ... älter bin, ... dass ich vor dir ihn liebte ... Es war ja nicht alles schlecht, ... sonst wär' ich doch schon längst von ihm weg ... Und bei dir, ... wo bist du jetzt? Wo? ... *(Sie schnäuzt sich, wirft das Taschentuch in den Papierkorb.)* ... Wenn ich immer betrunken sein könnte, das wär' gut ... Ich sollte in die Kanzlei gehen, ... der eine Fall ist arg kompliziert, ... heut' wär' Ruhe dort, ... aber in meiner jetzigen Verfassung, ... in meinen Ohren schmerzt es plötzlich ganz arg ... Wie oft betrank ich mich in letzter Zeit? ... Abends, ... um auf dieser Wattewolke zu sein, ... wo mein Ich verschluckt wird ... Ich werd' die Flasche jetzt austrinken *(sie tut es, hustet, schnäuzt sich)*, ... schmeckt noch immer grässlich ... *(Langsam)*: Mir ist übel ... ich fühl' mich entsetzlich ... hab' wahrscheinlich eine Alkoholvergiftung ... kann kaum atmen, ... *(sie greift sich an den Hals, atmet tief durch)* ... Ich muss mich jetzt zusammennehmen ... *(sie versucht, mit fester Stimme zu sprechen)*: Ich muss eine neue Kassette ... *(Sie schaltet das Gerät ab, steht auf, schwankt zum*

Wandverbau, nimmt eine Kassette heraus, zerreißt fahrig die Zellophanverpackung, lässt diese achtlos auf den Boden fallen, geht zur Bank zurück; redet währenddessen): ... Nur zu einem Tonband sprech' ich, ... er ist nicht da ... *(Sie wechselt die Kassette, legt sich auf die Bank, stellt den Rekorder auf das Beistelltischchen daneben.)* ... Ich werd' dir jetzt, ... also ich bin total betrunken, ... mein Kopf dreht sich ... Nein, ich meine, alles im Kopf dreht sich ... *(Sie lacht, die Stimme bekommt langsam einen verführerischen, erotischen Klang):* Eichhörnchen, ich werd' dir jetzt, ... ich werd' dich jetzt verführen ... Ich bin schwer betrunken, ... und wenn du jetzt hier wärest, dann könntest du mich auffressen, ... ich würd' nichts dagegen haben ... Irgendwo las ich, dass eine Frau erst mit vierzig Jahren richtig leidenschaftlich wird, ... und ich bin noch nicht vierzig ... Ich hab' bloß meinen Bademantel an ... *(Sie beginnt, während sie spricht, unter dem Bademantel ihre Beine, Schenkel, Bauch und Brust zu liebkosen.)* ... Ich weiß, dass du verrückt nach mir bist, ... ach komm, ... *(ihre Augen sind geschlossen)* ... komm, ... streichle mich, ... ich bin so glatt hier auf der Innenseite der Schenkel, ... komm doch mit deiner Zunge, ... hier, ... du sollst mich küssen, ... hier ... küss mich, ... ja, ... ach ... noch, ... du ... du, ... fühl', wie glatt ich hier bin ... Nimm mich, ... fest, ... ja, ... so ... – ach ... ja, ... halt mich doch, ... hier, ... du, ... küss' mich doch ... *(Sie wirft den Kopf hin und her.)* ... Hier, ... nimm meine Brust, ... ah, ich bin so betrunken ... *(Sie hält mit der einen Hand ihren Kopf, die Stirn, streicht sich über das Gesicht.)* ... Ach, ... ich, ... so küss' mich doch ... *(klar):* Nein, ich bin ganz allein, ... du bist nicht hier ... – und ich sehn' mich so ... *(schluchzt auf)* ... Fühl, ich bin glatt, ich bin betrunken, ... ganz arg betrunken, ... spür', wie glatt ich bin, ... meine Brust, ... ach küss' sie, ... küss', ... mir ist kalt, ... so kalt ... Ach, es ist entsetzlich, allein zu sein, ... *(weint)* ... es nützt nichts, ... nur ich, ... nur ich bin hier ... – du nicht ...

Ich lieb' mich jetzt selber, ... nein, es ist unmöglich, ... ich bin zu betrunken ... *(die nächsten Worte gehen in Aufschluchzen über)*: Mein Bauch ist glatt, ... komm doch, ... küss mich, ... ach, Eichhörnchen ... *(Im Nebenraum läutet das Telefon; sie schaltet den Rekorder ab, torkelt hinaus; die Tür bleibt offen, man hört sie sprechen, versteht aber nichts; gleichzeitig schlägt eine Pendeluhr zehn Mal. Sie kommt zurück, wirft sich auf die Bank, schaltet den Rekorder wieder ein. Sie spricht rasch, nüchterner)*: ... Das Telefon läutete, ... die Tante hat sich nach meiner Mutter erkundigt, ... hoffentlich verhielt ich mich normal, ... dass sie meinen Zustand nicht merkte ... Nein Eichhörnchen, ich bin nicht beschwipst, ... wie manchmal bei dir, ... ich bin arg betrunken, ... meine Venen schmerzen, ... aber jetzt bin ich wieder nüchtern *(schnupft auf)* ... Ich muss mich aufsetzen, ... Licht machen, ... mich ansehen ... *(Sie steht auf, betätigt den Wandschalter zur Deckenbeleuchtung, das Zimmer wird hell beleuchtet. Sie kommt zur Bank zurück, hockt sich im Türkensitz auf die Bank, stellt den Rekorder neben sich, betrachtet ihr Knie.)* ... Die Narbe vom Vorjahr ist noch immer zu sehen, ... immer noch blutunterlaufen, ... ob das jemals wieder richtig schön wird? ... *(Seufzt.)* ... Du fandest mich ... *(resigniert)*: Als ich schon alt war, ... wenn du mich mit achtzehn gesehen hättest, ... da waren meine Schenkel straffer, ... meine Brust voller, ... keine blauen Äderchen auf den Beinen, ... *(sie fährt mit dem Zeigefinger ihren Oberschenkel entlang; entnimmt einer Bademanteltasche einen Taschenspiegel, betrachtet darin ihr Gesicht)* ... hatte keine Gewichtsprobleme, ... konnte essen, was mir schmeckte... Jetzt bin ich 37, ... und er hat eine Freundin, ... wahrscheinlich mit zwanzig ... Kein Vergleich, ... schläft mit ihr, ... fragt nicht nach Zärtlichkeit, ... ist zufrieden, ... wenn er dreimal in der Nacht, ... hoffentlich merkte die Tante jetzt nichts ... Ach, ist mir schwindlig, ... ich bin nicht betrunken, ... ich bin besoffen, ... wie noch nie ... *(Seufzt)*: Es nützt nichts, ... ich kann mich selber streicheln, so viel ich will, ... da tut sich überhaupt nichts ... *(Feststellend)*: Das ist Theater, ... nur Theater ... ich kann mir nicht vorstellen, ... *(lacht)*: nämlich richtig vorstellen, ... dass du hier bist, ... das heißt, ich kann es mir schon vorstellen, ... aber es nützt nichts, ... mein Körper reagiert nicht, ... weil mein Herz weiß, dass es allein ist ... Da ist nichts, ... ich kann mich nicht selber täuschen, ... ich brauch' doch dich ... *(Zärtlich)*: Deinen Mund, ... deinen weichen Mund, ... du hast Lippen, um die dich viele Frauen beneiden könnten ... Deine Zunge, ... ich lieb' deine Zunge, ... wenn sie sich in mich bohrte, ... verbohrte, ... nass, ... tief, ... immer tiefer ... Erinnerst du dich an jenen Kuss, als du mich wie eine Mumie in die Decke einwickeltest? ... Du spürtest von meinem Körper nichts, ... bloß meinen Mund, ... wie du immer mehr, ... immer nässer, ... ich zerfloss in deinem Mund, ... unter deinen Worten, ... unter deinen Händen, ... die mich auswickelten, ... streichelten ... *(Weinerlich)*: Ach, ich kann noch so betrunken sein, ... ich bin ja trotzdem allein ... Es ist kalt hier ... *(Sie lehnt sich zurück, wickelt den Bademantel eng um sich, schließt die Augen.)* ... Das Zimmer dreht sich um mich wie ein Ringelspiel, ... irgendwann träumte mir, ... ich sitze in einem Ringelspiel, ... nicht mit dir, ... mit ihm ... Ich möcht' dir ein schönes Geburtstagsgeschenk, ... mich selber sollte ich dir schenken, ... mich, ... sollte zu dir kommen ... und alles Vorherige vergessen ... Warum bring' ich es nicht zu Wege, von ihm wegzugehen? ... Ich geh' jetzt hinaus und schalte die Heizung ein, ... mir ist so kalt ... *(Sie beugt sich vor, spricht nahe in den Rekorder)*: Ich komme gleich ... *(Sie geht hinaus, kommt sofort zurück, nimmt den Rekorder und einige Kissen unter den Arm, steckt das Kabel in eine Steckdose neben dem Zentralheizungskörper, setzt sich davor auf den Boden, lehnt sich dagegen, spricht weiter, mit schwerer Zunge)*: Eichhörnchen, ich hab' jetzt eingeheizt, ... es ist nämlich kalt, ... so kalt ... Ich glaub', ich war noch nie so arg besoffen, ... ach, mir ist kalt ... *(Seufzt)*: Wo bist du? ... Ich werd' jetzt bald nüchtern sein, ... alles dreht sich *(sie hält mit beiden Händen ihren Kopf)* ... Warum geh' ich nicht endgültig zu dir? ... Warum? ... Ich weiß, warum, ... weil du jung bist und ich Angst hab', dass du mich in zehn Jahren nicht mehr schön finden wirst ... Und das war ja auch etwas, das mich zu dir zog, ... dass du mich schön findest ... Was tu' ich denn in zehn Jahren? ... Dann bin ich beinah' fünfzig, ... Eichhörnchen, du liebst eine Frau, die in zehn Jahren fast fünfzig ist ... Sei doch vernünftig, ... es dreht sich alles in mir *(sie hält sich den Kopf)*, ... ich liebe ... seinen schönen Körper ... – und du, ... du willst nicht einmal zum Zahnarzt gehen. – ... Ich kann ja nichts dafür, dass ich gern' Schönes seh', ... ach, Eichhörnchen, ... ja, ich mag die Haare auf deiner Brust ... *(Energisch)*: Aber deinen dicken Bauch mag ich nicht ... Ich kann nichts dafür, dass es so ist ... Und ich liebe es, wenn mein Mann bewundert wird, ... und ich denk' mir: Ich bin seine Frau, ... ich kann ja nichts dafür, Eichhörnchen, ... ich war schon einmal jung, ... ich hab' schon einmal ein Leben aufgebaut, ... ich hab' schon einmal gehofft ... *(Verzweifelt)*: Verzeih, dass ich, ... dass ich mein Ich von ihm entfernen konnte, ... ich weiß nicht, wie es weitergehen wird ... *(Langsam)*: Wahrscheinlich werd' ich nie zu dir kommen, ... oder doch? ... *(Seufzt.)* ... Da ist meine Liebe zu ihm, ... die so lange gehofft und gewartet hat ... Und dort ist deine, ... deine Worte, die mir sagen, dass ich eine schöne Frau bin, ... ach, ... aber hast du bedacht, ... dass ich in zehn Jahren beinahe fünfzig bin, ... dass diese Haut, die du jetzt glatt findest, ... die du so gern streichelst, ... dass die Falten haben wird, ... dass ich vielleicht im Spital liegen werd', ... eine alte, kranke Frau ... Und du wirst denken, du bist doch erst vierzig, ... so wie er, ... er will auch noch eine junge Haut spüren ... *(Dozierend)*: Ja, ja, ich bin sehr betrunken, ... morgen werde ich dieses Tonband abhören ... Ja, ich werd's mir anhören, ... wenn ich nüchtern bin ... Entschuldige, ich muss mich schnäuzen ... *(sie schnäuzt sich)* ... Mir ist kalt, ... darum läuft meine Nase, ... meine Stimme hör' ich wie aus weiter Ferne ... *(Leise)*: Nein, schön bin ich jetzt sicher nicht, ... ich bin eine betrunkene Frau von 37 Jahren, die allein ist, ... die weiß, dass ihre Mutter sehr krank ist, ... die weiß, dass sie selber auf dem Weg zum Grab ist, ... und die ihr ganzes Leben vertut ... *(Seufzt.)* ... Ich seh' alles verschwommen um mich ... *(sie betrachtet ihren Schenkel)*: Da wächst abermals ein Fibrom, ... ich müsst' es wieder operieren lassen, ... du wartetest damals bei dem Arzt auf mich, ... dafür hab' ich dich sehr lieb ... Ich war so voll Angst, als ich hinging, ... ich dank' dir dafür, dass du dort warst, ... liebes Eichhörnchen, ... du bist ein guter Mensch, ... nicht nur ein Mann ... Er belächelte davor die Sache als Kleinigkeit ... Warum lieb' ich ihn immer noch ... und nicht dich allein? ... Ich weiß, was dich an mich bindet: Erst durch mich merktest du, dass du lieben kannst ... Mit deinem ganzen Herzen, ... dass du dich sehnen kannst, ... das hab' ich dir gegeben ... Du hast es mir gesagt ... – und darum würdest du mir nie wehtun ... Ich meine, ... natürlich tust du mir jetzt weh, weil du nicht hier bist ... Ach, dieser Kirschlikör, ... zuerst glaubte ich, er nützt nichts, ... *(schnäuzt sich)* ... ich sehe überhaupt nichts, ... alles schwimmt vor meinen Augen, ... *(sie schließt die Augen)* ... meine Stimme wird dir ganz fremd klingen ... Ich weiß, dass ich sie nicht mehr unter Kontrolle habe, ... dieses Band gehört für deinen Geburtstag, ... für all' deine Liebe verdientest du Silber, Gold und Diamanten, ... nicht das Tonband einer Betrunkenen ... Ja, ja, jeder Mensch ist eine Insel; ... ich bin eine Insel im Eismeer; ganz allein ... Die Tante rief an, ... wie nett von ihr, ... hoffentlich hörte sie nicht, in welcher Verfassung ich bin … Ich hielt die Hand auf die Muschel, damit sie meint, das Telefon hätt' einen Defekt … Ach, Eichhörnchen, … gehör' ich zu dir? … Ob ich mit dir leben könnte? … Meine Vergangenheit begraben, … und du es ertragen? … Du bist noch so jung, … hast keine zwanzig Jahre Kampf um Liebe mitgemacht, … nur einige Jahre mit mir … Du hast doch ein Recht darauf, vorbehaltlos geliebt zu werden, … so wie du bist, … mit deinem schmalen Oberkörper, … deinen breiten Hüften, … so als normaler Mensch … Ich will, dass du Bodybuilding machst, … ich kann doch das nicht von dir verlangen … Ich sollte doch zufrieden und glücklich damit sein, dass du mich liebst … Nicht? … Ich habe nie zuvor so viel Zärtlichkeit und Liebe bekommen, jetzt bekomm' ich sie, … bekam ich sie, … ich bin nicht zufrieden … Genauso wenig, wie ich mit ihm zufrieden bin … Er ist schön, … sein Körper ist wunderschön, … glatt, braun, wohlproportioniert … Er ist klug, … ich brauch ihn nur anzusehen und mein Herz freut sich, … aber für ihn bin ich nichts, … *(sie lacht verzweifelt auf)* … nichts … Wie viele hatte er neben mir? … Ich interessiere ihn ja nicht mehr, … leb' in einer Illusion, … träum' immer noch davon … Warum? … Ich hätt' so gern einen schönen, klugen Mann, für den ich alles bin … Ich, das dumme, hässliche Entlein … Ich hab' ja kein Recht darauf, … aber kann ich denn dafür, dass ich mir das ersehn'? … Ach, Eichhörnchen, … ich muss versuchen, meine Augen zu öffnen. *(Sie tut es.)* … Das Zimmer dreht sich vor mir, … gut, dass ich hier sitze, … ich kann mich gar nicht rühren, … als hätt' ich ein Eisenskelett um mich … Dir dieses Band zu deinem Geburtstag zu schenken ist eigentlich eine Gemeinheit, … von einer Frau, die sich besäuft, … deren lallende Stimme dich abstoßen wird … Wo bist du jetzt? … Ich möchte wissen, woher du die Kraft nimmst allein zu leben? … Du warst mir doch einmal verfallen, … wolltest, …

konntest ohne mich nicht existieren ... Und dann bist du mit deiner Sekretärin oft weg gewesen, ... du hast es geschafft ... Nein, ich glaube bestimmt nicht, dass du mit ihr ein Verhältnis hast, ... das glaub' ich nicht ... Ich bin nicht sicher, ob du ihr nicht von mir erzählt hast ... Vielleicht ist sie ein Muttertyp? ... Sie ist ja so alt wie ich ... Du kannst wahrscheinlich auch das Alleinsein nicht ertragen, ... du bist ebenso empfindsam wie ich ... Oder ist es doch das Privileg, weil du ein Mann bist? ... Ich hoff's für dich, Eichhörnchen, ... ich, ... nein, ich soll nicht immer ‚ich' sagen, ... ich soll ‚du' sagen, ... aber ich sagte bei ihm so lange ‚du' ... – und mein Ich ist stets zu kurz gekommen ... Du ertrugst es jahrelang, ... dass es neben dir noch ihn gab, ... das ist mir schon bewusst, Eichhörnchen, ... obwohl ich betrunken bin, ... arg betrunken... Ich weiß genau, ... alles genau, ... was ich sag'... Bitte, bitte, glaub' nicht, dass ich gemein, hinterhältig, schlecht oder durchtrieben bin ... Ich, ... ich weiß nur wirklich nicht, was ich tun soll, ... *(schnäuzt sich)* ... es war mir doch ein Leben lang selbstverständlich, nur ihn zu lieben ... Und dann kamst du in mein Leben ... – und ich merkte, was es war, das mir fehlte ... Ich verkrafte es nicht, ... verkraft' nicht, dass ich stets nur ihn wollte, ... dass ich immer zurückstecken musste, ... nie mit ihm reden konnte, ... dass er mich lächerlich machte ... – und mich damit kaputt ... Er findet, ich hab' kein Anrecht auf eigene Wünsche, ... weißt du, wenn ich wollte, dass er mich bloß küsst ohne weitere, ... also, ohne Weiterungen ... sagte er, ... er sei doch nicht mein Sklave, ... aber man ist doch nicht des anderen Sklave, wenn man tut, was den erfreut, ... nicht? ... Du bist ja auch nicht mein Sklave ... *(Weint, schnäuzt sich.)* ... Ach, mir wird übel ... Was wollte ich dir jetzt sagen? ... Wahrscheinlich, wenn er mich noch haben will, ... werd' ich bei ihm bleiben, ... weil ich es nicht begreifen kann, ... dass meine Liebe nicht ausreicht, um meinen Mann zu halten … Doch … ich werd' mich stets danach sehnen, was du mir gabst, … deine Worte, … dein Verstehen, … deine Zärtlichkeit, … deine Liebe, … deine Hingabe … Du verdienst es nicht, an mir zu verzweifeln, … wirklich nicht … Aber er wird mich nicht wollen, … er will ein Kind … – und ich nicht … Ich soll zuhause bleiben … – und ich will nicht finanziell von ihm abhängig sein … Ich wünschte, ich hätte dich kennen gelernt, als ich siebzehn war, … wie zärtlich, … wie sanft wäre dieser Beginn gewesen … Auch du hättest mich zu deinem Geschöpf machen können, … wie er, … ich hätt' nicht kämpfen müssen, um bei dir bleiben zu können, … *(seufzt)* … aber als ich siebzehn war, … warst du ein Volksschüler … Mir ist so übel, … *(rülpst)* … die ganze Flasche trank ich aus, … mir ist eiskalt, … meine Haare gehören gewaschen, … meine Venen schmerzen … Es ist gut, dass du mich jetzt nicht siehst, … ich bin bestimmt nicht schön, … mach wahrscheinlich den Eindruck einer … versoffenen, … alten Person … Oder vielleicht würdest du mich in deine Arme nehmen und sagen:, … Komm' zu mir, … vergiss das andere, … bleib' bei mir, … ich brauch' dich, … wie du es mir so oft sagtest …' Brauchst du mich noch immer? … Weißt du noch, wie du hier bei mir bügeltest und kochtest? … Weißt du noch, wie ich einen ganzen Tag nicht in die Kanzlei ging, … wir hier am Boden lagen und du mich verrückt machtest? … Könntest du das noch? … Es war einmal… *(Die Pendeluhr im Nebenraum schlägt elfmal.)* … *(Sie gähnt)*: Ich bin schläfrig, … ich wollte dir ein Band schenken, worauf ich in Ekstase bin, … aber du merktest es ja vorhin, … ich bring's nicht zu Stande … *(schnäuzt sich)*… Ich brauch' doch deinen Körper, … Küsse, … Worte, … Zärtlichkeit, … in meinem Körper tut sich nichts allein … Männer in Masse haben mich nie interessiert … Was sollte ich damit? … Aber ich weine in meine Kissen, weil du nicht da bist, … der mir sagt, dass er mich lieb hat, ... mich allein ... Was dieser grausliche Kirschlikör auslöste, ... ich bin halb taub, ... es schmerzt stark, wenn ich gegen mein Ohr drücke ... Vielleicht stößt dich dieses Band ab? ... Vielleicht rettest du dich vor mir? ... Vielleicht denkst du: ... Es war einmal, ... ich liebte diese Frau ... – und konnte sie nicht für mich allein gewinnen ... Vielleicht ist dann dein Weg frei zu einer anderen, ... nicht mehr auf die Straße ... Ich glaube nicht, dass du jemals mehr, ... seit du weißt, wie wichtig es ist, die Hingabe des anderen zu spüren ... *(Sie schaltet abrupt den Rekorder aus, hält sich den Kopf, steht auf.)* ... Mir ist übel, ... entsetzlich übel ... Ich geh' schlafen." *(Sie knipst die Stehlampe aus, torkelt zur Tür, schlägt sich im Vorbeigehen an der Kante des Wandverbaus den Knöchel an.)* ... Au, ... au ... *(Sie reibt sich den Knöchel, schaltet die Deckenbeleuchtung aus, verlässt den Raum; die Tür bleibt offen. Man hört das Aufklinken einer anderen Tür, Würge- und Erbrechensgeräusch, Spülkastenrauschen, Türzufallen, dann Stille.)*

(Sie, frisiert, geschminkt, in eleganter Frühlingskleidung, sitzt bei Tageslicht im selben Raum wie zuvor, beim Schreibtisch; hat das Aufnahmegerät vor sich stehen. Das aufgesprochene Band läuft, man versteht die zwei letzten Sätze darauf, sie schaltet dann ab, auf Aufnahme um und spricht ins Mikrofon. Mit klarer, bestimmter, erwachsener Stimme): „... Ich hörte mir heute nochmals alles an, ... ich war gestern wirklich sehr betrunken, ... verbrachte eine schreckliche Nacht, ... schlief kaum ... Aber was ich dir, ... ich mein', was alles am Band ist, ... ich hätt' es dir genauso gut sagen können, ohne betrunken zu sein ... Heut' weinte ich noch nicht, ... das kommt noch ... Es vergeht kein Abend, an dem ich nicht weine, ... ich versuch 's

so lange wie möglich zu verdrängen, … irgendwann bricht's dann durch … Tränen sind ein gutes Naturgeschenk, … sonst würden einem wahrscheinlich die Seelenqualen das Herz abdrücken … Gebrochenes Herz, … ich bin davon überzeugt, dass man aus Kummer sterben kann, … ich will aber noch nicht sterben, … obwohl ich auf diese Weise auch nicht weiterleben will … Ich wär' sicher ein Fall für einen Psychiater, … bestimmt ein sehr ergiebiger, … aber es gibt keine Medizin gegen innere Zerrissenheit und Unschlüssigkeit … Dieses Band ist traurig, … ich möcht' nicht traurig sein, … ich wär' gern fröhlich und glücklich, … ich wollte dir gerne nur Schönes sagen, … ich glaube, deine und meine Antennen sind auf Melancholie eingestellt … *(Singt)*: Melancholie im September … nein, nicht nur im September, … auch im Mai, … wär' kein verkaufsträchtiger Schlagertitel, … aber ein ungewöhnlicher? … Nicht immer nur Liebe im Mai, … du sagtest, du willst nie ein Tonband von mir, … denn es wird nichts darauf sein, worauf du wartest … – und es stimmt… *(Sie stützt die Hände unters Kinn; stellt bestimmt fest)*: Ich brauch' keinen Psychiater, … ich weiß selber, warum ich einen älteren Mann wählte, … rührt aus meiner Kindheit … dieser Wunsch nach Anlehnung, … nach Geborgenheit, … nach Stärke, … danach, allein von einem Mann geliebt zu werden … Mein Vater hatte keine Liebe zu mir … Ich entsinne mich nicht, je ein Gespräch mit ihm, … ein Hand in Hand gehen, … ein Streichen über's Haar … Nie gab's dergleichen … Heut' weiß ich, warum … Ich übernahm ja seine Lebenseinstellung, … er wollte meine Mutter allein für sich, … ohne Kind … und wenn, dann einen Sohn … Ich war der Störenfried zwischen ihm und ihr, … er war unglücklich, … sie war unglücklich, … der ständige Streit um meinetwegen … Ich kapselte mich von beiden ab, … schon als Kind, … wurde ein sehr früh selbstständig handelndes und seelisch einsames, in Träumen versponnenes Mädchen ... Heute bedauere ich meinen Vater ... – und mich auch ... Wie wird mein Leben weiterhin verlaufen? ... Ich bin ja froh, dass du kein Kind willst, ... weil ich dein Mittelpunkt bin, ... war, ... bei dir war ein Echo, ... du nahmst mich ernst, ... doch du wirst dich nicht ein Leben lang mit meinen Problemen herumschlagen wollen ... Irgendwann wird auch deine Grenze erreicht sein, ... ist schon erreicht, ... ach, Eichhörnchen, ... Geburtstag sollte doch ein schöner Tag sein, ... ein glücklicher, fröhlicher Tag, ... wo man sich darüber freut, dass man lebt ... Ich muss mir jetzt irgendetwas Fröhliches einfallen lassen, ... irgendetwas für dich, ... worüber du lachen kannst, ... aber es gibt nichts zu lachen ... Es kam mir nichts unter, das lustig war ... Deine Gedichte laufen mir im Kopf herum, ... doch ich will dir nicht deine eigenen Reime als Geburtstagsgeschenk vortragen, *(lacht)* ... außerdem sind diese auch alle traurig ... Soll ich dir etwas vorsingen? ... *(Sie singt leise, traurig)*: Happy birthday to you, ... *(singt falsch)*: happy birthday to you ... oh, das klang falsch, ... ich kann nicht singen ... Achtundzwanzig wirst du, ... wie schön, wenn du 37 würdest und ich 28, ... aber es ist nicht so ... Ich sollte doch glücklich sein darüber, dass du jung bist, ... merkwürdig, dass man auch über Jungsein nicht glücklich sein kann *(lacht)*... Jugend im falschen Menschen, ... ich wollte dir etwas Fröhliches sagen, ... du hörst, es wird nichts daraus ... Du maltest mir einmal meinen Geburtstag aus, ... wenn wir zusammenlebten, ... ich fragte dich nie, wie du dir vorstellst, den deinen mit mir zu verbringen ... Was könntest du dir wünschen? ... Vielleicht, dass wir an diesem Tag heiraten? ... Ja, ich glaube, falls du mich noch liebst, dann müsste das dein größter Wunsch sein ... *(Sie lacht zärtlich)*: Dein Geburtstag unser Hochzeitstag, ... einmal würdest du diesen Tag gestalten, einmal ich ... Ich würd' vor dir aufstehen und einen schönen *(sie verhaspelt sich)* ... Früsch,... einen schönen

Füschtücks… – wie?… – also, ich bin heute nicht betrunken,… *(lacht)*… wieso bring' ich das Wort nicht heraus?… Früschtücks… – stimmt das?… Früschtücks… Früschtschückstisch,… *(lacht)*… sag' das einmal schnell… *(sie lacht mehr)*… Früschtückstschisch, Früschtücksschisch, Früschtüschtisch,… *(lacht)* ich bring' das Wort nicht ordentlich heraus,… einen wunderschönen Früsticks,… Früschstücksschtschisch,… *(lacht)*… nein,… gibt's denn das,… einen schö,… wunderschönen Früstüschtisch, Frühstücks,… nein,… Früst,… Fist,… Fristichstisch,… *(weiterlachend)*… Nein,… aus,… Schluss… Ich bring's nicht richtig heraus,… also so etwas würde ich,… irgendwas Besonderes würd' ich für dich backen lassen,… da tät' mir schon was einfallen… *(Zärtlich)*: Wecken würd' ich dich,… dir dabei eine Rose unter die Nase halten,… bis du von deren Duft niesen müsstest,… *(lacht)*… dann würd' ich dir einen Geburtstagskuss geben… *(Die Stimme wird tief und sinnlich)*: Einen langen,… innigen,… wilden… *(Lachend)*: Aber vorher musst du zum Zahnarzt,… *(im Gouvernantenton)*: Und du sollst jetzt meinen erhobenen Zeigefinger dabei sehen,… ich würd' sogar mit dir hingehen,… das bot ich dir doch bereits vor langer Zeit an… *(Heftig)*: Warum gehst du nicht endlich zum Zahnarzt?… Na ja, du hast Geburtstag und ich soll daher nicht vom Zahnarzt sprechen, *(lacht)*… es wär' auch viel schöner, dich zu küssen,… wenn ich deine Zähne anseh' und sie würden mir gefallen,… du weißt ja noch gar nicht,… *(lacht)*… wie es für dich wäre,… wenn ich dich bewunderte… *(Hustet.)*… Na ja, Eichhörnchen, *(seufzt)*… ich will nicht mit dem Zahnarzt abschließen,… das wär' doch ekelhaft *(lacht)*… zu deinem Geburtstag… Jetzt weiß ich, was ich dir schenk',… keine Rose,… nein,… ich halt',… weißt du, was ich jetzt in der Hand halt'?… Eine riesengroße Sonnenblume,… größer als du,… mit besenstieldickem Stamm… und einer wagenradgroßen Blüte, … in der Mitte dunkelbraun mit vielen Körndeln … Ja, so eine schöne, kräftige Blume schenk' ich dir zu deinem 28. Geburtstag, … als Symbol dafür … Wofür? … Na ja, die Sonne ist die Wärme, … deine Wärme von dir zu mir … *(Zärtlich)*: Du wärmtest mein Herz, … du wärmst mich immer noch … – und der kräftige Stamm als Symbol dafür, dass diese Empfindung für mich immer noch existiert, … glaub' ich, … hoff' ich zumindest, … dass die Sonnenblume nicht so leicht zu knicken ist, … nicht so filigran wie andere Blumen … *(Fröhlich)*: Außerdem ist sie sehr nahrhaft mit den Sonnenblumenkörndeln, … also ich überreich' dir jetzt eine große Sonnenblume zu deinem Geburtstag … *(tränenverhangen)*: Ich hab' nicht gesagt, dass ich dich lieb hab' … – und das wär' doch sicher auch ein Geschenk, das du dir wünscht, doch das ist schwierig für mich, … ich kann's dir nicht so leichthin sagen, … sagte dir's ja manchmal spontan, … aber jetzt bin ich allein … *(Überlegend)*: Ich muss dich doch lieb haben, … wie sollte ich denn sonst bezeichnen, was ich für dich empfinde? … Es ist gewiss Liebe, … auf eine andere Art als die, die ich gewohnt war … *(Bestimmt)*: Ich sollte zu dir auch nicht mehr Eichhörnchen sagen, … du bist 28 Jahre, … ist man da noch ein Eichhörnchen? … Weißt, ich wart' auf den Tag, wo ich … *(Tonfall wird strenger)* nur mehr Fjodor zu dir sag', … dieser Fjodor ist für mich der Inbegriff eines erwachsenen Mannes, … eines männlichen, klugen, leidenschaftlichen Mannes … *(Stimmlage wird kindlich)*: Das Eichhörnchen, das ist das Weiche, … wo sich meine Seele hineinkuschelt, … wo ich Kind bin, … das zu meinem kindlichen Gemüt passt, … aber ohne diese Kindlichkeiten kann ich wahrscheinlich nie sein … Ich nehme gar nicht an, dass ich jemals nicht mehr Eichhörnchen zu dir sagen werde, … aber ich möcht' öfters eine Situation so empfinden, dass ich dann ganz selbstverständlich Fjodor sag' … Manchmal dachte ich … *(heiter)*: Wenn wir verheiratet sind ... – und es wird sicher Gelegenheiten geben, wo ich mich über dich beschweren will, ... dann werd' ich das ja bei dir tun, ... denn bei anderen Menschen über dich zu klagen wär' für mich völlig undenkbar ... Also, dann würd' ich mich auf deine Knie setzen und dir ins Ohr sagen: Hör' zu Fjodor, das Eichhörnchen hat dies und jenes getan, und das gefällt mir nicht ... und der Fjodor ist der Besonnene, der Kluge, der Ältere *(lacht)* ... Ich kann mir das ganz leicht einbilden, *(lacht)* ... und du auch ... *(Lachend)*: Ich kenn' dich, du hast ebenso viel Fantasie, ... und würdest dir in diesem Augenblick vornehmen, wenn du das Eichhörnchen triffst, ihm die Leviten zu lesen, ... stimmt's? ... *(Zärtlich)*: Ach, Eichhörnchen, ich hab' noch immer so viele romantische Träume, ... ich würd' auch ganz bestimmt nicht so viel Zeit allein verbringen wollen ... wie jetzt ... Du solltest auch nicht mehr in der Nacht arbeiten, ... und bei deinen Geschäftsreisen würd' ich öfter mitfahren ... Siehst, ich träum' doch von etwas, das ja real sein könnte ... *(seufzt tief)* ... Ach, Eichhörnchen, ... Träume, ... Schäume, ... eine Seifenblase, ... *(lächelt)* ... das hab' ich noch immer, ... dein Blubberfläschchen, ... es steht in der Küche, ... ich fabrizier' keine Seifenblasen mehr, ... für mich allein freut's mich doch nicht ...

(Der Türsummer ertönt. Sie schaltet den Rekorder ab, geht hinaus. Man hört eine Männerstimme: „Eingeschriebene Briefe für Sie." Sie sagt: „Danke." Die Tür fällt ins Schloss. Sie läuft ins Zimmer, zwei Kuverts in der Hand, reißt dabei eines auf. Sie setzt sich wieder auf den Sessel vor dem Schreibtisch; liest halblaut, mit immer mehr von Tränen erstickter Stimme): „Ich habe vor einem Monat einen Vertrag für den Aufbau einer Auslandsniederlassung unterschrieben. Wenn du diesen Brief erhältst, bin ich bereits abgereist. Es ist die beste Möglichkeit, dass wir voneinander loskommen, da du nie fähig warst und sein wirst, eine Entscheidung zu treffen. Leb wohl." *(Das Blatt gleitet ihr aus der*

Hand; in ihrem Gesicht zuckt es, langsam rinnen Tränen über ihre Wangen. Sie reißt den zweiten Brief auf, liest halb schluchzend): ... „Ich vertrete Ihren Ehegatten rechtsfreundlich. Mein Mandant wünscht die Ehescheidung. Ich frage daher an, ob Sie einer solchen zustimmen und dies im Einvernehmen durchgeführt werden kann. Wie Ihnen wahrscheinlich ..." *(Sie bricht ab, lässt den Brief auf den Tisch fallen, wirft sich mit dem Oberkörper über den Kassettenrekorder und schluchzt hemmungslos.)*
Im Nebenraum läutet das Telefon. Lange. Endlich steht sie auf, wischt sich mit einem Taschentuch über das Gesicht, schnäuzt sich, geht langsam hinaus. Man hört sie kurz sprechen, versteht jedoch nichts.
Sie kommt ebenso langsam, mit starrem Gesichtsausdruck zurück, setzt sich vor den Schreibtisch, blickt geradeaus, sagt: „Ein Begräbnis."
(Sie ergreift mit der linken Hand den einen Brief, blickt darauf, sagt): „Ein Abschied."
(Sie nimmt den zweiten Brief in die rechte Hand, blickt darauf, sagt): „Eine Scheidung."
(Sie lässt beide Briefe los, blickt geradeaus, sagt): „Und heute habe ich Geburtstag."
Sie bleibt starr sitzen, blickt ins Leere. Über Tonband wird ihr Satz „Und heute habe ich Geburtstag" eingespielt. Immer lauter werdend *(eventuell mit „Happy birthday to you" oder wilder Instrumentalmusik unterlegt)*. Sie spricht den Satz zunächst traurig, dann böse, bis zu einem hysterischen Auflachen am Schluss. Abruptes Abbrechen der Einspielung.

31. Oktober

(Hörspiel)

Personen: Erzähler (EZ): tiefe Stimme, älter
          Frau (F): helle Stimme, jünger
          ferner: 2 junge Soldaten
                  1 alte Blumenverkäuferin

(Bremsgeräusch eines anhaltenden Autobusses. Zischen der Türöffnungsautomatik, Stöckelschuhe klappern beim Aussteigen. Türschließgeräusch. Bus fährt ab, Motorgeräusch in der Ferne verklingend. In der Nähe vorbeifahrende Autos, Hupen, Mopedaufheulen. Nach dieser akustischen Einleitung beginnt der Erzähler zu sprechen, während man im Hintergrund die Stöckelschuhe über den Asphalt klappern hört. Leises Windgeräusch, vereinzeltes Aufzwitschern von Spatzen.)

EZ: Sie geht zu Fuß von der Haltestelle des Busses zum Friedhof; froh, nach den stickigen Stunden ihres Berufstages hinaus in die Luft zu kommen. Der Friedhof ist keiner der riesigen Großstadtfriedhöfe, welche genauso anonym wie deren Hochhäuser wirken, sondern einer jener kleineren Vorstadtfriedhöfe – noch inmitten von Feldern –, welche sich links und rechts der Betonstraße abgeerntet und kahl darbieten.

F: *(Innerer Monolog – im Folgenden: i. M. – d. h. alle Realhintergrundgeräusche werden ausgeblendet. Fallweise wird ein kleinerer Echoraum dahintergeblendet)*:
Erst morgen ist der 1. November. Wie anders dies doch klingt: 31. Oktober. Oktober – da denkt man noch an

sonnige Herbsttage, an bunt belaubte Bäume, an Leben ... November, das ist Düsterheit, Kälte, nass glänzende, vernieselte Straßen, glitschiges Laub darauf, Tod ... Erst morgen ist es so weit ... Wie merkwürdig ist doch immer so ein endgültiger Schritt, ... nur ein Tag, ... die Schwelle zum Kommenden.

(Wie bei allen folgenden inneren Monologen verklingt ihre Stimme im Echoraum. Nach der Überblendung auf Hintergrundgeräusche wird jeweils die Stimme des Erzählers eingeblendet.)

EZ: Nie war sie zu Allerheiligen hier. Immer eine Woche oder mehr zuvor, weil ihr der Menschenrummel, die Verkäufer, welche Kränze und Bouquets mit lauter Stimme, wie auf einem Jahrmarkt, anpreisen; die um einen Parkplatz streitenden Friedhofsbesucher; all dieses laute, geschäftige Getue unerträglich ist. Doch dieses Jahr hat sie es nicht so einrichten können, und um dem Feiertagstrubel zu entkommen, war sie zu dieser Fahrt noch gegen Tagesende aufgebrochen.

(Hier, wie bei allen folgenden Absätzen im Erzählertext, sekundenlange Sprechpause, in der die jeweiligen Außengeräusche kurz anschwellen.)

EZ: Sie geht langsam; ein Blick auf die Uhr hat ihr gezeigt, dass bis zur Schließung des Tores noch genügend Zeit bleibt.

F (i. M.): Noch nie war ich zur Dämmerung hier, ...

EZ: *(rasch einfallend)*: ... sondern meist in den ganz frühen Morgenstunden, selten vormittags, war sie im Laufe der Jahre diesen Weg gegangen. In ihren Gedanken erscheint das Bild des Friedhofs nur im strahlenden Tageslicht:

Sommertage, mit blauem Himmel voll gleißender Sonne; Frühlingstage, voll jungem Grün auf den Feldern und fröhlichem Vogelgezwitscher in der Luft; Winternachmittage, weiß und hell durch frischen Schnee;

Herbsttage mit milder Sonne und buntem Laub in den Friedhofsalleen – das sind ihre Friedhofsbilder. *(Plötzlich das Bellen eines Schäferhundes, ganz nahe – kurze Pause, dann Weiterbellen; leiser werdend, lauter die Schritte; dann die Stimme des Erzählers ganz im Vordergrund)*: Der Hund, links bei dem Einfamilienhaus, läuft wild und kläffend an den Gartenzaun. Sie hat das erwartet. Das Tier hatte sie nur beim ersten Mal vor vielen Jahren erschreckt – wenn sie seither vorbeigeht, gehört sein Gebell mit zu ihrem Friedhofsbesuch. Wie seit eh und je geht sie auf dem linken Gehweg der Straße. Auch das gehört zu ihrem jahrelang unveränderten Rhythmus; links hin und auf der rechten Seite zurück.

F (i. M.): Warum eigentlich? Weil links vom Friedhof die Gärtnerei ist, wo ich meine Blumen besorge? Vielleicht ...

EZ: Bald erreicht sie die hohe Mauer, die den Ort der Toten umfasst.

F: (i. r. I.): Wie rasch es nun dämmert; die Wolken sind schon dunkle Schatten im Graublau des Himmels ...

EZ: Die nur zu Allerheiligen in Massen aufgestellten Holzverschläge der Blumenverkäufer stehen bereit für die morgige Verkaufsschlacht. Die meisten der rohen Verschläge zeigen sich noch ohne Kranz- und Blumenbehang.

F (i. M.): Die Bretterschragen sehen aus wie Gerippe ...

EZ: Natürlich muss sie an Skelette denken.

F (i. M.): Und an welche Skelette erinnern sie mich? *(Pause)* Verhungerte Saurierkarawane.

EZ: Ihre Schritte werden langsamer. Sie bleibt vor einem der mit Zeitungspapier belegten, langen Holztische stehen, auf denen – nach ihrem Kaufpreis geordnet – Kränze, Blumenstöcke, Bouquets und Schnittblumen angeboten werden.

Verkäuferin: Was hätten's denn gern, gnä' Frau? Den Kranz mit den weißen Astern? Oder vielleicht den da? Schöne Chrysanthemen hab' ich auch.
EZ: Mit raschen Blicken wählt sie aus.
F: Diese vier Bouquets, drei von den Kerzen hier und eine von da.
(Schleifendes Geräusch von weggezogenem Tannenreisig, Papierrascheln, Aufklappen eines Taschenbügels, Knistern von Geldscheinen und Geräusch einer herabfallenden Münze.)
Verkäuferin: Danke, gnä' Frau, auf Wiederseh'n!
F: Auf Wiedersehen!
(Wieder Schritte über den Asphalt, Geräusch vorbeifahrender Autos, leises Hupen, Rascheln von Laub, das der Wind über die Straße weht.)
F (i. M.): Jedes Jahr steigen auch hier die Preise.
EZ: Vor dem Friedhofseingang stehen zwei junge Soldaten, Blechbüchsen in den Händen.
(Münzengeschepper in Spendenbüchsen)
2 Soldaten *(unisono)*: Eine Spende für das schwarze Kreuz!
F:*(hastig)*: Am Rückweg.
EZ: Sie trägt in beiden Händen ihre Bouquets, die Tasche unter den Arm geklemmt.
F (i. M.): Jetzt habe ich nicht einmal eine Hand frei, um meine Nase abzuwischen. *(Sie schnupft leicht durch die Nase auf.)*
(Im Hintergrund Geräusch von Schritten mehrerer vorbeigehender Menschen auf Asphalt, unverständliche Gesprächsfetzen, ihre Schritte bleiben im Vordergrund.)
EZ: Nur wenige Friedhofsbesucher eilen an ihr vorbei, als sie durch das weit offen stehende, schwere, schmiedeeiserne Tor tritt. So knapp vor Schließung haben die meisten Besucher die Friedhofsanlage bereits verlassen.
(Ihr Schrittgeräusch wird langsamer, wechselt auf Kies, Laubrascheln.)

EZ: Langsam geht sie den Seitenweg entlang, biegt ein und bleibt bei einem Grab stehen. Es ist das erste einer langen Reihe. Eine alte, hohe Föhre steht dicht daneben auf einem winzigen Fleck Wiese. Die herabgefallenen Nadeln bedecken beinahe die ganze steinerne Grabplatte. *(Windrauschen in der Föhrenkrone. Davor: Entfernen des Papiers von einem Bouquet, Zusammenknüllen. Wischen auf der Grabplatte. Leiser Metallton beim Öffnen des Laternentürchens. Geräusch vom Hinstellen einer Kerze auf eine Blechunterlage. Entzünden eines Streichholzes, mehrmaliger Versuch, danach Schließen des Laternentürchens.)*
F (i. M.): Ein schöner Platz ...
EZ *(rasch einfallend)*: ... hat ihre Mutter immer gesagt ...
F (i. M.): ... so schattig; da bleiben die Blumen länger frisch. *(Pause.)* Ja, Mama. *(Pause.)* Die rosa Eriken in der Jardiniere fändest du sicher schön. Aber jetzt liegst du hier unten ... Nein, nicht einmal mehr dein kränklicher, verkrüppelter Körper, der dir ein Leben lang zur Plage war, ...
Nur deine Gebeine wahrscheinlich ... Aber du, deine Seele, wo ist die? Immer, wenn ich hierher komme, habe ich die Empfindung, sie würde auf dieser Föhre sitzen; auf diesem uralten Baum, der fast die Höhe der kleinen Kirche erreicht hat; und auf mich herunterschauen, wie ich dieses Grab schmücke ... Doch nur, solange ich hier stehe; denn wenn ich weggehe, mich bei der Wegbiegung nochmals umdrehe, um das Licht der brennenden Kerze, das mir aus dem gläsernen Kästchen der Laterne nachblinkt, als letztes Bild zwischen den Sträuchern einzufangen – habe ich stets das Gefühl, dass du dich wieder von der Föhre emporhebst, um irgendwohin ins Unendliche zu kehren ... Wo du dich nun wohl aufhältst? ...

(Einblendung: Windsausen, Krähengeschrei von weiter weg fliegenden Schwärmen, sie schnäuzt sich.)
Als Kind schon stand ich an deiner Hand hier. Ich mochte dich nicht ansehen, wenn du vor diesem Stein um deine Schwester trauertest, ... wie dein Gesicht vom Weinen entstellt wurde; wie deine Augen hinter dieser wehen Nässe einen ganz fremden Ausdruck bekamen. Denn damals kannte ich jenen Schmerz noch nicht, mit dem ich nun selbst hier stehe, das brennende Wasser im Blick ...
EZ: Als sie ihre Augen senkt, sieht sie etwas Überraschendes; etwas, das es noch nie gab, seit sie hierher kommt: Direkt an der steinernen Grabkante, eben jener, die an das Wiesenstück grenzt, sind zwei Pilzgruppen herausgeschossen. Sie stehen da – ungefähr zwanzig auf jedem Fleck – wie schwarze Ritter in Helmen. Denn grauschwarz sind diese Pilze vom Stiel bis zur wirklich wie ein Ritterhelm gewölbten, schmalen Kappe.
F (i. M.): Schwammerl für dich, Mama ...
EZ: Sie sieht in Gedanken das weißleinene Säckchen vor sich, das, seinen herben Waldgeruch verbreitend, in der Kredenz hing. Für Pilzgerichte im Winter.
F (i. M.): Die Schwammerl hat die Çelnar Marie gebracht, die sonntags im Wienerwald danach suchte ...
EZ *(einfallend)*: ... und die wie ihre Großmutter zur k. u. k.-Zeit nach Wien kam. –
F (i. M.): Nur dann, als die Çelnar schon weit über achtzig und nicht mehr so ganz klar im Kopf war, aber immer noch Pilze brachte, da lehntest du die Annahme derselben mit der Begründung ab, dass dein Magen sie nicht mehr vertrage. Doch das war nicht der Grund, vielmehr war es die Sorge, dass das verkalkte Gehirn vielleicht doch einmal den Tod mitgepflückt hätte ... Der hat dann auch bald die Çelnar geholt – ganz ohne Vergif-

tung, ... wie auch dich, Mama. Heute bin ich so alt wie du, als ich an deiner Hand hier gestanden. Doch ich hab nicht mehr das Gefühl, dein Kind, deine Tochter zu sein, die Schutz bei dir sucht. Lang schon ist's mir, als käme ich in Gedanken zu einer, die nur etwas früher als ich gewusst hat, was dieses Leben an Sorgen und Kummer für uns bereithält. Einer im Schmerz zur Schwester gewordenen gelten seither meine Gedanken ...
(Nach einer kurzen Pause, in der die Außengeräusche anschwellen: sich entfernende Schritte, zuerst auf Laub, dann auf Kies, dann auf Asphalt, Windgeräusch, Krähengeschrei, Spatzengetschilpe etc.)
EZ: Aber nicht nur das Grab der Mutter hat sie hier zu besuchen, auch andere, die in ihrer Jugend eine Rolle spielten, liegen nicht weit voneinander auf diesem Friedhof. Während sie zum nächsten Grab weitergeht, wandert ihr Blick über die Inschriften auf den Steinen.
(Ihre Schritte verharren.)
F *(liest leise)*: Hier ruhet Herr Josef Hasenhündl, Kanzlei-Expedient d. N. B. *(gesprochen: der Nordwestbahn)*, geboren 1866, gestorben 1900.
EZ *(rasch einfallend)*: darunter: ...
F *(liest leise)*: Mechthild Hasenhündl, seine Frau, gestorben 1951.
EZ: In Goldschrift mit Haar- und Schattenstrichen auf dem rot und braun gesprenkelten Marmorstein.
Namen ihr unbekannter Menschen, und doch verlieren sich ihre Gedanken an deren Schicksal.
F (i. M.): Sogar im Tode hielt der Kanzleiexpedient, korrekter Beamter wahrscheinlich vom Scheitel bis zu Schuh – dem Schuh, den seine Frau täglich auf Hochglanz zu bringen hatte? – auf formgerechte Anrede für sich –, denn nur bei ihm steht Herr vor dem Josef. Als Mechthild starb – wer weiß von wem begraben –, da wurde sie nur als seine Frau auf dem Stein festgehalten;

dass sie auch ohne ihn eine Frau gewesen war, das fand hier keinen Niederschlag ... Hasenhündl, welch Wortspiel des Schicksals ... Wie hündisch ergeben war Mechthild, die regsame Hausfrau, ihm in den wenigen Jahren ihrer Ehe?
(Die Schritte am Kies verharren.)
EZ: Jetzt steht sie vor Großmutters Grab. Das einzige Erdgrab noch, in der langen Reihe aus Marmorplatten und Steinumrandungen. Die schwere Härte hat auch hier, in den letzten Behausungen des städtischen Menschen, Einzug gehalten.
F (i. M.): Das Gras auf dem Hügel ist so frisch grün, als wär' es erst Frühling.
EZ: Hoch hat sich um den niederen, unbehauenen Naturstein mit der kleinen marmornen Schrifttafel der Efeu gerankt und reicht bis fast an das Glas der Laterne.
F (i. M.): Du kamst von der Scholle eines mährischen Bauernhofes in diese Stadt – ungeliebte Tochter aus der ersten Ehe deines Vaters. Vier Kinder hast du geboren, ... dein Mann wurde von der Tuberkulose ins Grab geholt – das ich nicht kenne –, als du dein letztes Kind – meine Mutter – im Leibe trugst. Hast als Gärtnerin gearbeitet bis zu deinem siebzigsten Jahr, ... nein, Großmutter, niemals wird eine Steinumrandung dieses Grab in seinen Klammern halten ...
EZ: Zumindest so lange sie lebt. Denn sie ist die Letzte und hat kein Kind, dem sie die Romane der Familiengeschichte erzählen könnte.
F (i. M.): Im Frühjahr ist dieser Hügel voll Gänseblümchen ...
EZ: Und heute? Heute sind, wie beim Grab der Mutter, dunkle Pilze aus dem Erdreich geschossen. Nicht die gleichen ritterbehelmten; nein, auf dünnen, hohen Stängeln balanciert eine flachbreite, dünne Kappe wie ein samtschwarzes Barett ...

F (i. M.): Der Herbst war dieses Jahr ungewöhnlich warm und feucht ... Welche Sorte ist das? Du wüsstest es sicher, Großmutter, doch heute kann ich dich nicht mehr fragen, und auch, als ich ein Kind war, hast du mir keine Antworten mehr geben können – ich kannte dich nur stumm, ein Schlaganfall hatte dich bereits zehn Jahre vor deinem Tod mit Schweigen geschlagen.
(Raschelgeräusch von Papier, Öffnen des Laternentürchens, Aufklappen eines Taschenbügels, Anzünden eines Streichholzes, Schließen des Laternentürchens.)
EZ *(währenddessen)*: Sie entzündet ein Licht unter der hellgrauen Marmorschriftplatte.
F (i. M.): Der Efeu muss im nächsten Jahr unbedingt zurückgeschnitten werden ... Dreißig Jahre bist du bereits hier begraben, ... in dreißig Jahren liege ich vielleicht auch schon auf diesem Friedhof ...
(Windsausen. Krähengeschrei. Sich entfernende Schritte auf Kies, dann auf Asphalt, dann wieder auf Kies.)
EZ *(währenddessen)*: Sie geht weiter um das nächste Grab zu besuchen. Als sie in die Gräberzeile einbiegt, deren Nummer in altmodischer Schrift auf einem weißen, gusseisernen Schild den Weg weist, sieht sie sich einem steinernen Engel gegenüber. Die Hände gefaltet, ein Knie gebeugt, bewacht er das Grab eines Kindes.
(Ihre Schritte gehen langsam vorüber.)
F (i. M.): Es soll wohl ein Schutzengel sein, der hier dargestellt ist, ... doch auch der konnte nicht helfen. Das junge Leben wurde aus den Armen der Eltern gerissen. Haben sie dadurch nicht den Glauben an derlei Symbolik verloren?
(Windsausen, Spatzengeschimpfe.)
EZ: Auf einem anderen Grab sitzt eine Taube aus weißem Marmor; oben auf der Kante des Steines und vor ihrem gesenkten Kopf hat der Bildhauer eine zweite,

mit gebrochenen Flügeln und geknicktem Hals gelegt.
F (i. M.): Das soll wohl die hilflose Verzweiflung bezeugen, die der Verlust des geliebten Menschen bewirkte, ... aber Tauben sind in Wirklichkeit gar keine monogamen, sanften Tiere; warum nur wird ihnen dies immer wieder von Malern und Bildhauern angedichtet?
(Taubengegurre, Flügelschlagen, Windgeräusch. Die Schritte am Kies werden wieder rascher, verharren dann.)
EZ: Jetzt steht sie vor dem dritten Grab, dem heute ihr Besuch gilt: Tante Johanna, die durch eigene Hand ihrem Leben ein Ende setzte, gehörte zu ihrer Kindheit wie das süße „Bettsteigerl", das sie in einer Kristallschale neben das Bett gestellt bekam, wenn sie manchmal bei der Tante übernachtete.

Auch sie hat ein Erdgrab: ein Rosenstrauch, dickstämmig und verästelt, wächst daraus hervor. Und, die dritte Überraschung am heutigen Tage:
F (i. M.): ... Der Strauch steht noch in voller Blüte, ...
EZ: Kleine, zarte Knospen an den Zweigen strafen den Kalender Lügen.
F (i. M.): Rosenknospen! Als käme der Frühling; als wär' nicht zum Sterben die Natur ...
(Wieder das Quietschen des Laternentürchens, Hineinstellen einer Kerze auf Blechteller, zweimaliges Zündholzanstreifen, Husten.)
EZ: Sie legt keine der gekauften Schnittblumen nieder; denn was könnte schöner sein als ein blühender Rosenstock, morgen am 1. November.
(Wieder sich entfernende Schritte, zuerst auf Kies, dann auf Asphalt. Blätterrascheln am Weg, Windsausen. Krähengeschrei von weit entfernt fliegenden Schwärmen.)
EZ *(währenddessen)*: Durch die Ahornallee, die nun knöcheltief mit herabgefallenem Laub bedeckt ist, gelangt sie zu der letzten Ruhestätte, die sie heute aufsucht:

Ein hoher Grabstein, beinahe so hoch wie sie selbst, steht wie eine schützende Wand an dem in Stein gefassten Hügel des Grabes; darauf der Bronzekopf ihres Urgroßvaters. Lebensgroß blickt das Gesicht sie an.
(Verharren der Schritte.)
F (i. M.): Er war bereits tot, als ich zur Welt kam, doch er würde mich sicherlich erkennen, wenn ich vor ihm stünde. Denn die gleiche, hohe, gebogene Stirn ...
EZ *(rasch einfallend):* ... hinter der zu oft grüblerische Gedanken, ...
F (i. M.): ... die gleichen wild wuchernden Augenbrauen, ...
EZ *(rasch einfallend):* ... die sie allerdings aus Gründen der Eitelkeit in eine feinere Form bringt ...
F (i. M.): ... und die gleichen tiefen Falten um den breitlippigen Mund werden in einigen Jahren wohl auch in meine Wangen als Zeichen des Alters gekerbt sein.
EZ: Die jetzt noch schwachen Linien zeigen bereits die gleiche Bahn.
F (i. M.): Erbgut, dem nicht zu entkommen ist.
EZ: Sie stellt sich auf die Zehenspitzen und blickt dem Bronzekopf in den Nacken. An der Rückseite gibt es nämlich eine kleine Öffnung; wahrscheinlich vorgesehen zur Befestigung am Stein. Darin hatte einmal, schon etliche Jahre ist's her, ein Spatzenpaar sein Nest gebaut; und als sie damals im Frühling hier war, rissen zwei Jungvögel ihre Schnäbel darin auf.
(Windgeräusch, von ferne Spatzengetschilpe.)
F (i. M.): Urgroßvater, falls du nie einen Vogel gehabt hast, so hast du hier sogar mehrere bekommen.
EZ: Doch heuer ist die Öffnung, bis auf ein dürres, vom Wind hineingewehtes Ahornblatt, leer.
F (i. M.): Mit bronzenem Eichenlaub bekränzt ... Urgroßvater war damals ein geachteter und respektabler Mann,

Besitzer einer Keramikfabrik ... – und ein Dickkopf war er auch ...

EZ: Auch den hat sie geerbt, wie sie als Kind oft hörte: den keramischen, harten Dickschädel, der sie jedes Mal schmerzte, wenn sie mit ihm gegen das noch härtere Schicksal angerannt war ...

(Papierzusammenknüllen, Aufklappen des Taschenbügels, Öffnen des Laternentürchens, Hineinschieben einer Kerze, Zündholzanfachen, Schließen des Laternentürchens.)

EZ *(währenddessen)*: Urgroßvater erhält die letzten zwei ihrer Bouquets aufs Grab gelegt und die 24-Stunden-Kerze; seine hohe, schmale Laterne hat die geeignete Größe dazu.

F (i. M.): Ihm ist sein Lebenslicht zwar schon ausgeblasen, doch mir kann ja noch ein Licht aufgehen ...

(Schritte in Laub, auf Asphalt, auf Kies. Windsausen, Taubengegurre; von weitem Schreie von hoch dahinziehenden Krähenschwärmen, Spatzentschilpen.)

EZ *(währenddessen)*: Der Weg zurück zum Ausgang führt sie in umgekehrter Reihenfolge wieder an den vorher besuchten Gräbern mit den flackernden Kerzenlichtern vorbei. Blaugrau ist der Tag zum Abend geworden; die Laternen der Friedhofsbeleuchtung flammen auf und erhellen mit warmem Schein diesen Park der Toten.

Ein Grab fällt ihr noch auf, ehe sie hinaustritt auf den breiten Platz, der den Ausgang kennzeichnet. Ein Erdhügel, umrahmt von einem schmiedeeisernen, protzig gedrehten Gitter; hoch fast wie ein Gartenzaun. Zwei Laternen auf mannshohen Säulen, Kandelabern eines Schlosses vergleichbar, flankieren die marmorne, schwarz schimmernde Namensplatte. Sie tritt hinzu und liest die goldene Fraktur:

(Schritte verharren.)

F *(liest leise)*: Fräulein Anna Andorfer, herzogliche Kammerfrau in Pension, gestorben im 51. Lebensjahr.
(Schritte gehen weiter.)
F (i. M.): Ja, herzoglich ist auch ihr Grab; doch Fräulein blieb sie noch als Matrone ...
EZ: Die beiden Soldaten mit den Sammelbüchsen stehen nicht mehr da ...
(Quietschen eines hörbar schweren Eisentores; Einschieben, anschließend Einrasten einer gleichfalls hörbar schweren Eisenstange.)
EZ: ... und der Parkwächter verschließt das hohe Tor mit einer eisernen Stange.
F (i. M.): Die Toten wollen des Nachts allein sein.
(Ihre raschen Schritte auf Asphalt, Geräusch vorbeifahrender Autos, Hupen, trockenes Rascheln, Windgeräusch, Krähengeschrei.)
EZ: Fahlbraun begleiten sie die dünnen Skelette der Riesenstängel auf den verdorrten Maisfeldern entlang des Weges zur Autobushaltestelle ...
(Geräusch eines heranfahrenden Busses, Abbremsen, Öffnen und Schließen der Türautomatik, Abfahren des Autobusses, Motorgeräusch immer mehr in der Ferne verschwimmend.)
EZ *(während des verklingenden Motorengeräusches fortsetzend)*:
Und fahlbraun ist auch das Blatt, das sie zuhause aus den Haaren lösen wird, in die es ein nässender Wind geweht hat ...
(Danach für einige Sekunden in den Vordergrund geblendet Krähengeschrei, Windsausen, fahrende Autos, Hupen.)

Die zweite Rückholung

(Szenario für einen Schauspieler)

Schmale, steile Stufen, serpentinenartig aus einer Felswand geschlagen, führen aus endlosem Dunkel in scheinbar ebenso endloses Dunkel empor. Dennoch erfasst ein verirrter Lichtstrahl von oben den gebeugten Alten, der keuchend die Stufen hinansteigt und dabei öfters stehen bleibt. Um seine linke Hand ist ein goldener Faden gewunden, der sich hinab ins Dunkel spannt. Mit seiner rechten stützt er sich auf einen langen Wanderstab. Seine hagere Gestalt ist in ein Himation von grauem Leinen gehüllt. In seinem grauen Haar trägt er einen längst verdorrten Lorbeerkranz. Er spricht vor sich hin.

Ich habe sie mir zurückgeholt.
Sie ist bei mir. Wird für immer bei mir sein.
Wie bin ich glücklich.
Glücklich.
Glücklich, glücklich, Geliebte!
Gleich sind wir oben. In der Welt der Lebenden. Du und ich.
Ach! Ach. Ich habe sie überlistet! Die Götter. Diese Unmenschlichen.
Und ich bin stark: Ich werde mich nicht umwenden!
Nicht wie jener, der seine Sehnsucht nicht mehr ertrug. Ich muss mich nicht vergewissern, ob sie noch hinter mir ist. Ich weiß es.
Ich weiß es, sie ist da.
Ich spüre sie.
Und sehen werde ich sie oben. Oben im Licht. In der Welt. In der Sonne.
Ach Geliebte!
Ich habe dich geholt. Zurückgeholt! Ich dich.

Du, du, ach du!
Ich bin klüger als er. Habe gelernt aus seinem Leid. Aus seiner Ungeduld.
Nicht wie er bin ich wahnsinnig vor Schmerz im Land umhergeirrt, als sie dich von mir nahmen. Die Unmenschlichen! Sofort bin ich hinabgeeilt, um dich wieder zu holen.
(Bleibt stehen, holt mehrmals tief Atem.)
Ja, merkwürdig war es schon, nun, da ich in Ruhe darüber grübeln kann, auf diesem Weg nach oben. Merkwürdig, dass Hades und Persephone dich sogleich freigaben. Vielleicht haben auch sie gelernt vom letzten Mal?
Nicht umdrehen, sagte Hades, als er mir Eurydikes Schatten wies. Nicht miteinander sprechen.
Nein, ich dreh mich nicht um. Sie ist ja da. *(Geht weiter.)*
Du, du. Ach du bist da. Ich spür dich, Geliebte.
(Bleibt wieder stehen.)
Viel schwerer war's, nicht sogleich auf ihren Schatten zuzustürzen. Jetzt bin ich ruhig. Und glücklich.
(Geht weiter.)
Du, du.
Ja, ich spür dich.
(An dem Faden wird dreimal gezogen.)
Grad jetzt eben.
Ach, das Spiel! Unser Spiel. Jetzt hilft es mir, dich hinaufzubringen, ohne mich umzuwenden. Ich muss dich nicht sehen. Nicht jetzt. Aber spüren. Und ich spür dich. Du, du. Damals, als wir's zum ersten Mal spielten, ... du hattest es erfunden. Du, Geliebte. Hättest du damals gedacht, dass es mir jemals helfen würde, dich von den Toten zurückzubringen? Nein, damals waren wir glücklich und unbeschwert. Glücklich bin ich auch jetzt. Unbeschwert nicht mehr.
(Bleibt stehen.)
Du bist mir gestorben! Dieser Schmerz wird mich niemals mehr ganz verlassen, auch wenn du bald wieder bei mir sein

wirst. Dennoch werde ich glücklich sein. Glücklich? Viel glücklicher als früher, aber nie mehr gänzlich unbeschwert!
(Geht weiter, blickt die Stufen hoch.)
Wie viele Stufen da noch sind! Kein Ende. Schwärze vor mir. Als ich hinabeilte, schien mir der Weg nicht so endlos wie jetzt. Kein Atem von dir, kein Tritt zu hören, Geliebte. Ach.
(Wieder freudig.)
Aber du bist da, du bist hinter mir. Ich brauche nur unser altes, vertrautes Spiel zu spielen. Das beglückende Spiel.
(Er zieht dreimal an dem Faden.)
Wie eben jetzt, Geliebte.
Du bist nur ein Schatten, sagten sie. Oben erst wirst du wieder Fleisch und Blut.
Schatten, meinte er, Hades. Geistbild würde ich sagen, Schatten sind schwarz, doch dich sah ich!
(Bleibt stehen.)
Wie du warst, wie du bist. Dein graues, zurückgekämmtes Haar. Die schwarzbraunen, dichten Brauenbögen. „Die Kurve, die jung bleibt", hast du einmal gesagt, als du krank warst und ich darüber strich, ehe sie dich holten, die Unmenschlichen!
(Geht weiter.)
Ich darf nicht mehr bitter sein. Ich bin glücklich! Du bist hinter mir. Gleich wirst du vor mir sein. Oben. Im Licht, in der Welt. In der ich dich wieder sehen darf. Dein Gesicht, dein geliebtes Gesicht. Die zwei Falten zwischen deinen Brauen, die linke ist kürzer als die rechte. „Die männliche und die weibliche", wie du sagtest. Du, Eurydike!
(Bleibt stehen.)
Ich liebe dich. Dich, dich! Und du bist wieder bei mir. Ach, was werde ich als erstes an dir berühren? *(Sprechpause.)* In deine Arme werde ich mich stürzen, dich umfassen. So fest, so fest, bis ich dir die Rippen zerdrückt habe vor Freude.

(Lächelt erinnernd.)
Ach nein.
Immer wollte ich dich so fest drücken.
(Geht weiter.)
Jedes Mal, wenn ich dich Kleine, Zarte umarmte, war diese wahnsinnige Lust in mir, dich so fest, so stark, wie ich dich liebte, zu drücken. Manchmal, wenn mein Verstand mich nicht rasch genug zurückhielt, tat ich dir weh. Und dein leiser Schrei mahnte mich, meinem wilden Gefühl nicht nachzugeben.
Deine Hände zu zartgliedrig.
Dein Rücken zu schmal.
Deine Taille zu zerbrechlich.
„Die Schenkel", hast du gesagt.
Und ich umarmte deine Schenkel, presste sie an mich, bis du schriest.
(Bleibt stehen.)
Du, die mich aus Liebe biss, so tief, dass das Mal deiner Zähne eine Woche lang in mein Fleisch geprägt war.
(Geht weiter.)
Deine Zähne. Deine wunderschönen Zähne. Die weißen, wilden. Die noch immer jung sind. Die ich liebte, seit ich dich zum ersten Mal lachen sah. Vor Jahrzehnten. Ein Leben lang lachen sah. Wie freue ich mich auf dein Lachen, Eurydike. Denn du wirst lachen! Du wirst leben! Mit mir wieder leben. Und deshalb werden wir lachen.
(Schreit glücklich.)
Eurydike!
(An dem Faden wird dreimal gezogen.)
Ja, du bist da.
Das Spiel. Das Spiel beweist es mir.
„Nicht sprechen, nicht umdrehen", sagte Hades. Er kennt mich nicht. Meine inneren Monologe, die ich seit jeher geführt habe. Er weiß nicht, dass Künstler ein zweites Leben

in sich leben. Ein lebhaftes Leben. Aus Sehnsucht nach dem wirklichen Erleben. Als Ersatz für das echte Erleben. Als Verdoppelung des echten.
(Bleibt stehen, legt beide Hände auf den Wanderstab und stützt sein Kinn darauf.)
Ich kann allein sein und spreche dennoch mit dir. Das habe ich immer getan. Du weißt es. Du, die mein Leben kennt, die mein Leben ist. *(Pause.)* Als sie dich holten, hielten sie mich für lebendig, doch ich war tot. Was wissen die Götter, diese Unmenschlichen!
(Geht weiter.)
Aber ich bin ihnen dankbar, sie haben dich herausgegeben. Darum kann ich wieder leben, weil auch du lebst, du, Eurydike, mein Leben!
(Links oben werden ganz schwach die Konturen einer Tür wahrnehmbar, durch deren Ritzen Licht dringt.
Er bleibt stehen, holt tief Atem.)
Gleich sind wir oben. Endlich schimmert des Tages Helle. Bald, Eurydike!
(Zärtlich.)
Bald werd ich dich sehen, dich umarmen, deine Stimme hören, deine Arme um mich spüren. Bald werden wir wieder leben. Du und ich. Wie vorher. Nein, glücklicher. Auf alle Fälle glücklicher.
(Geht weiter, zieht dreimal an dem Faden.)
Noch einmal sag ich's dir mit unserem Spiel: Ich liebe dich. Wie damals vor fünf Dezennien im Weingarten des Bakchos, als Ariadne uns ihre Spule schenkte. „Es gibt keine Labyrinthe mehr, für welche der Faden von Nutzen", hatte sie gesagt.
Und du, Eurydike, hast die Spule genommen, mir das Fadenende zugeworfen und gesagt, ich solle es um meinen Finger wickeln. „Halt den Faden fest am Finger, ich sage dir durch ihn etwas", versprachst du mir. Und dann gingst du

voraus und der Faden ruckte dreimal in deiner Hand. „Was heißt das?", hast du mich, lachend dich umwendend, gefragt. *(Er bleibt stehen, lächelt in der Erinnerung.)* Ich hatte dich angesehen und wusste nicht, was du dir ausgedacht. Doch ich bemerkte deinen zärtlichen Blick, sah deinen Mund, der mich zuvor so innig geküsst und sagte: „Ich liebe dich."
(Geht weiter.)
Und du lachtest: „Ach, ich dachte du würdest es nicht erraten!" Ich hatte es auch nicht erraten. Bloß gesagt, was ich in diesem Augenblick empfunden. Und dann liefst du vor mir und der Faden spulte sich ab, schon warst du zehn Schritte von mir entfernt, als du mir zuriefst: „Jetzt du!" Ich blieb stehen. Der Faden lag vor mir im Gras. „Spann ihn", riefst du. Ich wickelte ihn um meinen Finger, spannte und zog dreimal. Du riefst mir zu: „Ich liebe dich!" Und liefst immer weiter in diesem Garten. 50 Schritte, 100 Schritte. Ich stand, sah nach dir, dein wehendes Kleid, die Bewegung deiner Glieder unter dem dünnen Stoff. Und du zogst dabei an dem Faden, dreimal: „Ich liebe dich." Und auch ich zog! „Ich liebe dich." Du liefst und liefst, bis ich – der doch so weit sieht wie ein Adler, wie du mir oft sagtest – dich nur mehr als einen hellen Punkt wahrnehmen konnte. Doch ich spürte dich.
„Ich liebe dich", schicktest du über den Faden an meinen Finger und ich in deine Hand.
Atemlos kamst du zu mir zurückgelaufen. Ach Eurydike, wie liebte ich dich, als du dich in meine Arme warfst! Die wieder aufgespulte Spule schobst du in meine Tasche. „Unser Spiel", sagtest du, „damit wir einander nie verlieren."
Und da ich dich an die Götter verlor, hole ich dich nun damit wieder zu mir!
Eurydike!

(Den letzten Satz schreit er jubelnd und stößt die Tür ins helle Tageslicht auf. Er zieht eine große Holzspule aus seiner Tasche und beginnt, den Goldfaden aufzuwickeln.)

Eine sonnendurchflutete griechische Landschaft dehnt sich von einem Felsabhang rechts vorne in den Hintergrund aus. Zwischen den Felsen eine aufgestoßene Brettertür. Der Alte tritt heraus, dreht sich rasch um, und breitet die Arme aus.
Aus der Finsternis erscheint in hellem Peplos Eurydike (klein und zierlich, mit grauem Haarknoten im Nacken.) Sie verharrt mit geschlossenen Augen auf der Schwelle.
Er stürzt auf sie zu, umfasst sie, presst sie an sich, küsst wild ihr Gesicht, legt dann seine Hände um ihren Kopf, steht lange still. Atmet tief, löst sich langsam von ihr. Hält sie jedoch mit ausgestreckten Armen vor sich. Schaut sie erstaunt an. Sie hat seinen Glücksausbruch ohne eine Bewegung über sich ergehen lassen. Ihre Arme hängen herab, ihre Augen sind noch immer geschlossen.
Liebste, du bist der Unterwelt entkommen! Bist wieder bei mir. Sieh mich doch an! Es ist vorbei! Alles ist wieder, wie es war! Wir sind beisammen, Geliebte. Beisammen!
(Er zieht sie neuerlich an sich, schließt sie in die Arme, drückt behutsam ihren Kopf mit einer Hand an seine Schulter, küsst ihren Scheitel, streicht zärtlich über ihren Rücken. Sie lässt alles mit sich geschehen. Er spricht weiter, mit leichter Verzweiflung, doch großer Zärtlichkeit.)
Eurydike, du bist ja halb bewusstlos!
Komm Geliebte, ich trage dich nachhause. Für dich war das Entsetzen wohl zu groß. *(Resolut:)*
Du musst schlafen! Schlaf hat dir immer geholfen, dich zu erholen. Und dieser Schlaf ist nicht der des ewigen Todes,

sondern jener, aus dem du wieder ins Leben erwachen wirst.
(Er hebt sie mühsam, die weiterhin wie leblos ist, auf seine Arme, küsst ihre Wange und geht mit ihr davon.)

Im Innenraum eines arkadischen Landhauses. Gestampfter Lehmboden, rohe Holzdecke, unverputzte Wände aus Kalksteinen. Für Tür und Fenster sind weite Öffnungen ausgespart, durch die das Tageslicht hereinflutet. Rechts eine offene Feuerstelle. Links ein Bett mit erhöhtem Kopfteil. Dahinter an der Wand hängend eine Lyra.

Der Alte kommt mit Eurydike auf den Armen herein, legt sie behutsam aufs Bett, zieht ihr die Sandalen von den Füßen, zieht sich selber die Sandalen aus und legt sich neben sie. Er sieht sie längere Zeit an. Dann küsst er ihre Wangen, ihre Stirn und die immer noch geschlossenen Augenlider.

Schlaf, Geliebte. Es ist alles gut. Du erwachst neben mir. Wie immer. Wie all die Jahre die wir beisammen waren, Eurydike. Morgen wirst auch du glücklich sein.

(Er presst sie an sich, hält sie fest umschlungen. Seufzt tief. Nach einer Weile fallen ihm die Augen zu. Er schläft ein. Draußen hört man Zikadenzirpen, das langsam leiser wird, während das Tageslicht in Dämmerung übergeht.)

Es erklingt (auf einer Lyra gespielt) eine zarte Melodie, allmählich übertönt vom regelmäßigen Tropfgeräusch einer Wasseruhr.

Dämmerlicht erfüllt den Raum, alle Geräusche sind verstummt. Der Alte erwacht, blickt Eurydike zärtlich an, küsst ihre Wangen, streichelt ihre Schultern.
(Flüstert.)
Eurydike, Liebste! Sag doch endlich ein Wort. Du schläfst nicht mehr. Ich merke es an deinem Atem.
(Eindringlich:)
Du bist wach! Sieh mich doch an. Du bist wieder bei mir. Bist zuhause.
(Behutsam streicht er abermals über ihr Gesicht, über die Augenlider, die sich nicht öffnen. Er küsst sie auf den Mund. Dann betrachtet er sie lange, forschend.)
Was haben sie mit dir getan, dort unten?
(Mit wachsendem Entsetzen.)
Eurydike! Eurydike!
(Er richtet ihren Oberkörper auf, schiebt einen Polster hinter ihren Rücken, sodass sie fast sitzt.
Regungslos lässt sie alles mit sich geschehen. Er entzündet den Kerzenstumpf hinter dem Bett, stellt ihn nahe heran, holt von der Feuerstelle eine Holzplatte mit Trauben und Käse. Er füllt aus einem Krug Wasser in einen Becher, gibt ihn auf die Holzplatte und kommt damit zurück zum Bett. Verzweifelt blickt er in das starre Gesicht.)
Eurydike, sieh mich doch an! Dein Herz schlägt ja. Kannst du mich hören? Bist du hungrig? Durstig?
(Er hebt ihren Arm, schließt den Becher in ihre Hand. Diese bleibt, wie er sie richtet. Er führt ihr den Becher an die Lippen. Sie trinkt nicht. Er löst ihr den Becher wieder aus der Hand. Sein Gesicht wird immer verzweifelter. Er nimmt eine Weintraube, hält diese an ihre Lippen. Er ergreift ihre Hand, streicht über ihren Unterarm, presst sein Gesicht darauf.)
Eurydike! Du lebst. Deine Hand ist so warm. Dein Puls schlägt. Dein Atem ist der einer Lebenden.
(Lässt ihre Hand in der seinen, streicht versonnen über ihre Finger. Spricht bitter:)

Die Götter!
War mein Leid, meine Tränen, mein Kummer über deinen Tod ihnen nicht genug? Waren ihnen in ihrem unmenschlichen Götterdenken meine Qualen noch zu gering?
(Verachtend:)
Unmäßig sind sie, die Götter! Unmäßiges Leid wünschen sie!
(Ballt zornig die Fäuste.)
Ich bin alt. Zu viel Leid habe ich erlebt. Ein Menschenleben ist voll Leid.
(Schreit:)
Ist's euch nicht genug?!
Ihr habt mein Glück gesehen mit Eurydike und wart neidisch. „Zu viel Glück für einen Menschen", habt ihr gedacht. Einer der Glück und Liebe mit in sein Alter genommen hat, als Selbstverständlichkeit, den musstet ihr treffen mit euren hinterhältigen Ränken: „Wir geben sie ihm wieder", habt ihr gedacht. Doch nur die Hülle, ihren Geist und ihre Sinne habt ihr bei euch behalten im Totenreich!
(Er steht langsam auf. Zärtlich ist sein Blick wieder auf Eurydike gerichtet.)
Nein. Ich will nicht glauben, dass du nur als Hülle hier bist, Geliebte. Du lebst. Dein Puls schlägt. Also schlägt auch dein Herz. Dein Herz, das stets für mich schlug. Ich glaube nicht, dass du nichts vernimmst. Ich werde für dich singen. So wie jeden Abend, ehe wir uns zur Ruhe legten, meine geliebte Eurydike. Deine Seele wird mich hören. Du wirst mich hören!
(Er nimmt die Lyra von der Wand, setzt sich in die Türöffnung. Draußen ist es Nacht geworden. Eine helle Mondsichel leuchtet.)
Ich singe dein Lieblingslied, Eurydike. „Unser Lied", wie du es immer nanntest. Da draußen an der Hausmauer sind wir gesessen, du hattest den Kopf an meine Schulter gelegt, so viele Jahre.
(Leiser zu sich.)

Heute sitze ich hier und du bist nur wenige Schritte von mir. Und doch so fern. Dort ist deine Gestalt, doch du, du bist nicht in ihr.
(Schreit.)
Nein! Nein! Nein!
(Wieder leise, zärtlich zu ihr gewandt:)
Ich singe unser Lied, Eurydike. Für dich.
(Greift in die Saiten und singt zur vorhin gehörten Melodie:)
Hesperus, verschwiegener Zeuge allnächtlicher Zweisamkeit, bewache mit Sternengefunkel der Liebenden Zärtlichkeit. Bringe, getreuer Diener, deine blinkende Lampe herbei, doch vergiss nicht das dunkle Laken, das Schutz und Hülle uns sei. Wandle Selene, schimmernde Göttin, mit lautlosem Schritt heran, zieh uns mit Silberglanzstrahlen in den ewig zaub'rischen Bann.
(Währenddessen blickt er unentwegt zu ihr, die jedoch regungslos so im Bett verharrt, wie er sie hingesetzt hat. Er lässt das Instrument sinken, seufzt tief, schlägt verzweifelt die Hände vors Gesicht. Dann erhebt er sich mühsam, hängt die Lyra wieder an die Wand, geht schleppenden Schrittes zu Eurydike. Kniet vor dem Bett, ergreift ihre Hand, presst sein Gesicht in ihre Handfläche, küsst diese zuerst zärtlich, dann heftiger ihren Arm. Er steht auf, umfasst ihren Oberkörper, bedeckt ihr Gesicht, ihren Hals weiterhin mit Küssen, drückt sie an sich, flüstert ihren Namen, zuerst leise, dann lauter, bis zum Schreien.)
Eurydike,
Eurydike,
Eurydike!
(Sie bleibt weiterhin eine Puppe, die alles mit sich geschehen lässt. Er sinkt verzweifelt vor ihren Füßen nieder, umfasst diese, küsst ihre Zehen, legt dann seinen Kopf unter ihre Fußsohlen. Spricht mit tränenerstickter Stimme.)
Seht, ihr Götter! Seht mich verzweifelt, verzweifelter noch als in der Stunde ihres Todes. Die geliebte Gestalt habt ihr

mir gegeben. Wohl zum Spott! Da ihr doch wisst, dass ich nicht nur diese liebe, vielmehr den ganzen Menschen: Ihren hellen Geist, ihr zärtliches Gefühl für mich, ihrer Bewegung Anmut, den Klang der trauten Stimme … kurzum Eurydike, wie sie lebte! Die mit mir sprach und lachte.
(Schreit:)
Jetzt erfreut euch an der Qual, die ihr mir angetan, ihr Götterpack!
(Er bricht in trockenes Schluchzen aus.)
Die Kerze ist inzwischen niedergebrannt. Wolken haben sich vor die Mondsichel geschoben.
Im Dunkel leises Zikadenzirpen, allmählich wiederum übertönt vom regelmäßigen Tropfgeräusch einer Wasseruhr.

Sonnenüberflutete Landschaft. Man sieht im Dunst weit hinten das Haus. Rechts vorne am steinigen Flussufer sitzt der Alte, Eurydike liegt im Gras, ihr Kopf in seinen Schoß gebettet. Er blickt zum blauen Himmel, an dem auch eine blasse Mondsichel sichtbar ist, und spricht leise.
So schmal war Selene an jenem Tag, da ich dich voll Freude holte aus dem Schattenreich. Voller und glänzender wurde sie auf ihrem Lauf, doch mir ward das Licht zur grellen Grablaterne für dich, Eurydike, nicht zur Lampe neuer Lebenslust.
(Seine Hände streichen über ihre Wangen.)
Du Hülle, Abbild meiner Liebsten. Obwohl du lebst, so ist des Lebens Geist und Fühlen nicht in dir. Und meine Liebe, die noch stärker ist als des Helios' Feuer, konnte dich nicht mehr zum menschlichen Leben erwecken.
Die Götter machten sich ein Spiel! Mit mir, mit dir.

(Blickt über den Fluss.)
Ihr straftet mich, der in seiner liebenden Vermessenheit kein Ende sehen wollte. Es ist euch wohl gelungen, mir Schmerz in neuem Gewande zu bereiten, da ihr mir dieses Abbild gabt, statt jener, die ein Mensch gewesen.
(Nachdem er behutsam Eurydikes Kopf ins Gras gebettet hat, nimmt er aus seiner Tasche die Spule, reißt ein Stück des goldenen Fadens ab, bindet ein Ende um Eurydikes Handgelenk, das andere um seines und wirft die Spule mit einer resignierenden Gebärde in den Fluss. Beschwerlich hebt er Eurydike auf seine Arme und trägt sie langsam die Böschung hinab.)
(Entschlossen:)
Hier, Hades, bringe ich dir die schmerzliche Leihgabe wieder! Hast du geglaubt, ich könnte leben, glücklich leben mit einer Gestalt, die zwar der Geliebten gleicht, doch ohne Lebensgeist?
(Schreiend:)
Oder wusstest du, wie viel an Pein und Schmerz dieser Anblick mir bedeuten würde?
(Er hält im Gehen inne, presst sein Gesicht an ihres.)
(Leise:)
Wo jedes Fältchen, jedes Haar wie ihres, und doch nicht ihres, da des Lebens Bewegung darin fehlt.
(Schreit:)
Ich kann's nicht mehr ertragen, Hades, und bringe dir mich dazu, um im Schattenreich zu bleiben, wo Eurydike, die lebte, auf mich wartet!
(Er geht hinein in den Fluss, der die beiden Aneinandergebundenen wegreißt. Das Gurgeln des Wassers wird allmählich von der aufklingenden Lyramelodie übertönt.)

Das folgende Hörspiel ist als Persiflage auf die heutige Sexualisierung jeglichen Bereiches gedacht und soll dementsprechend in witziger Art dargestellt werden, die Komik muss jederzeit merkbar sein. (Die Regieangaben können im Detail ergänzt oder geändert werden, doch sollte der abgesteckte Rahmen erhalten bleiben.)
Die Studioproduktion unter der Regie der Autorin wurde 2002 beim 1. Hörspielfestival HOHRCH der freien Radios Österreich in Graz preisgekrönt.

Schneewittchen und der Gartenzwerg

Erzähler (E): alter Schauspieler (nicht greisenhaft) mit sehr tiefer, voller Stimme, spricht tragend und langsam (soll stets ein Selbstgespräch sein, kein Vorlesen)
Zwerg (Z): männliche Fistelstimme
Schneewittchen (Sch): junge, helle, hohe, erotische Stimme
Prinz (P): junge, tenorale Stimme
Hexe (H): krächzende, alte Frauenstimme

Beginn: Filmmusik aus Walt Disneys „Schneewittchen", Chor der Zwerge, als sie vom Bergwerk nachhause marschieren.

(Sch + P imitieren übertrieben zwei Kinder):
P: Opa, erzähl' uns das Märchen von Schneewittchen.
Sch: Ja, bitte, Opa!

E: *(räuspert sich)*: Hm, ja. Also, gebt mir euer Märchenbuch.
Sch. + P (im Chor): Nein, du sollst es *erzählen*!
E *(räuspert sich)*: Ja, hm, ich kann mich nicht mehr gut daran erinnern.
Sch + P *(im Chor)*: S c h a d e!
E: Geht lieber hinaus spielen.
Sch + P *(maulen)*: Denk nach, Opa! Wenn wir von draußen zurückkommen, dann erzählst du es!
(Türenzuschlagen, fernes Geräusch vom Kinderspielplatz. Dann Stille.)
E *(nachdenklich)*: Wie ging die Geschichte doch …? Ungefähr, … ungefähr so *(weiter als seriöser Erzähler in ironischem Tonfall)*:
Wie bekannt (oder auch nicht?) hatte der Prinz durch einen sehr intensiven Kuss … – so war das doch? … – Schneewittchen wieder zum Bewusstsein gebracht.
Sch: *(glücklicher Seufzer)* Ach!
E: Und eine lange Zunge muss er schon gehabt haben, dass er bis zu dem giftigen Apfelstück gelangte, das dem Schneewittchen im Rachen steckte! … Dann, … dann war ihm Schneewittchen in gieriger Voraussicht auf weitere Zungenspielereien …
Sch *(sehnsüchtig, verführerisch)*: Nimm mich mit, du! Nimm mich mit!
E: … auf sein Schloss gefolgt, wo alsbald die Hochzeit in aller Wildheit stattfand. *(Einblendung: schnelle, mittelalterliche Tanzmusik, Gelächter der Hochzeitsgäste.)*
Und die Hochzeitsnacht war wahrlich etwas anderes als die Pettingspiele der Zwerge mit ihren Minigliedchen …
(Stimme des Zwerges, 7 x tontechnisch verändert, im Chor:
Wir sind die sieben Zwerge
hinter dem siebenten Berge,

wir spielen gerne Zapfel-Zipfel,
nicht nur mit unserem Mützenzipfel!)
E: So waren also beide recht zufrieden über den Ausgang der Begegnung. Der Prinz zeigte sich hocherfreut über die Eingänge in Schneewittchens Leib ...
P: *(Lustgestöhne)* Oooh!
E: Und Schneewittchen zeigte sich hocherfreut, dass der Prinz die gleichen Spielereien liebte wie die Zwerge ...
Sch: *(Lustgestöhne)* Aaah!
E *(resümierend):* ... Und sie betrieben diese ausführlich über alle Gliedmaßen. So wurden ihnen die Tage nicht lang und die Nächte zu kurz und das giftige Apfelstück, das sie als Souvenir ins Schloss mitgenommen hatten, fungierte zwischendurch als neuer Reizauslöser, wenn sich Schneewittchen diesen von neuem in die Kehle steckte ...
Sch: *(Würgegeräusch)*
E: ... und der Prinz seine Zunge in sie versenkte – und dies an beiden Enden ...
P + Sch: *(gemeinsames Würgegeräusch)*
E: Die Wochen des Flitterns lösten Apfelstück und Hemmungen, lösten Lust- und Lutschflecke aus ... *(Resümierend, fragend):* Und wenn sie sich nicht zu Tode geliebt haben, tun sie es sicher noch heute ...
Nein, so weit ist es noch nicht – denn Schneewittchen hatte nach einiger Zeit Kummer: Ihr oft- und vielgeliebter Prinz begann, sie in den Nächten allein zu lassen ...
Sch *(verärgert):* Jetzt ist er schon die dritte Nacht nicht zu mir gekommen!
E: Das Apfelstück oder ihre Evasäpfel schienen des Prinzen Adamsapfel und seinen übrigen Körper nicht mehr anzulocken. Schneewittchen – ebenso wenig mundfaul wie ihr zungenschlagkräftiger Prinz – heischte von

diesem eine Erklärung für seine abgekühlten und ihre ungestillten Lüste ...
Sch: Sag mir, geliebter Prinz, warum näherst du dich mir nicht mehr?
E: ... und bekam diese auch freimütig serviert:
P: Schneewittchen, hast du vergessen, dass du von mir als vermeintliche Leiche begehrt wurdest?
E: Er fröne der Nekrophilie, seit er ein milchgesichtiger Knabe gewesen, eine junge Hexe seinen Jungfernsaft geschlürft hatte – und er sie daraufhin mit seiner Jugendkraft zu Tode beschlafen hatte –; nämlich den Geruch, jenen ganz spezifischen Leichenduft, wolle er als Stimulanz nicht missen.
P: Ich habe gedacht: Möglicherweise verliere ich diese Lust, da doch du, Schneewittchen, mich in deinem aufregenden Rosengärtlein schnuppern lässt ...
E: Doch nicht jene Lust, sondern eher seine Potenz würde er verlieren, wenn ihm auf die Dauer jene Erstprägung nicht stimuliere ... Schneewittchen seufzte:
Sch: O!
E: Und seufzte:
Sch: Ach, wie entsetzlich!
E: ... Denn diese Eröffnung traf sie bis in ihre hintersten und untersten Körperteile.
Sch: Hänge ich auch gerne am phallischen Strick ...
E: ... so hing sie doch mehr am eigenen Leben ...
Sch: Und um des Prinzen Lust wach zu halten, dafür selbst nie mehr zu erwachen? ...
E: erschien ihr – egoistisch wie sie war – nicht der eigenen Leiche wert. Nach diesem freimütigen Bekenntnis entfernte sich der Prinz wieder in Richtung Friedhof um sein nächtliches Schwert in den Gräbern zu wetzen und Schneewittchen begab sich in den Schlossgarten, um zu überlegen: ...

Sch: ... Wie soll denn meine eigene Befriedigung fortan gewährleistet sein?
E: Als sie gerade dabei war, mit eigener Kraft die Lippen schamlos zu entfalten, ...
Sch: *(leises Lustgestöhne)*
E: sah sie im Mondschein neben einem der Lippenblütengewächse den siebenten Zwerg: aufgeregt und ihr alle Glieder entgegenstreckend.
Sch *(erstaunt)*: Der kleine Siebente!
E: Dieser war ihr nämlich über die sieben Berge her gefolgt – aus Sehnsucht.
Sch *(denkt)*: Er war's gewesen, der, als ich hingestreckt über alle sieben Zwergenbetten, ganz heimlich in mich gedrungen war und jenes Häutchen an sich genommen hatte, das ihr hinterher gar nicht fehlte – und der seither vor Sehnsucht nach ihr weder schlafen noch essen noch arbeiten konnte ...
Da stand er also und sah Schneewittchen beim Selbstbelustigen zu. Und so sehr auch dieser Anblick sein Hirn stimulierte, ...
Z: *(Kurzes, rasches Keuchen und Aufquieken.)*
E: ... so sehr weinte sein Herz.
Z *(schluchzend)*: Es ist ja offensichtlich, dass Schneewittchen mit dem Prinzen in erotischer Hinsicht Probleme haben muss.
E: Schneewittchen freute sich sehr, ihr erstes Zwergenmännchen wieder zu sehen,
Sch: Komm her, Kleiner!
E: ... und erzählte ihm freimütig von der für sie kummervollen Jugendprägung ihres Gemahls.
Z: Am Geruch liegt's also, ...
E: ... sagte der Zwerg, und in seinen Ganglien begannen die Überlegungen zu rasseln.
Z: Wenn ich auch sein Gelüst entsetzlich finde, ...

E: ... sagte er nach einer Weile, ...
Z: ... ich wüsste schon, wie ich dir helfen könnte.
Sch: Wirklich?
E: ... freute sich Schneewittchen und zog den Zwerg am Zipfelchen und an der Zipfelmütze zu sich heran.
Sch: Wie denn?
Z: Was bekomme ich dafür? ...
E: ... fragte der Zwerg zurück.
Sch: Was du dir wünscht ...
E: ... antwortete Schneewittchen.
Sch: Der Prinz hat mir sein halbes Reich und die halbe Schatzkammer geschenkt.
E: Da lachte der Zwerg ...
Z *(leise, verächtlich)*: Ha, ha!
E: ... und sagte: ...
Z: ... Hast du vergessen, dass wir im Zwergenreich Gold und Edelsteine in unseren Bergwerken zur Genüge haben! Die will ich von dir nicht – sondern etwas anderes: Wenn ich dir den Prinzen wieder neben dich aufs Lager hole, dann möchte ich euch zusehen.
Sch: Mein armer Zwerg ...
E: ... seufzte Schneewittchen ...
Sch: ... Zum Voyeur willst du werden?
Z: Ja, ...
E: ... antwortete der Zwerg ...
Z: ... denn du bist m e i n e Jugendprägung.
Sch: Gut, ...
E: ... meinte Schneewittchen.
Sch: Vor dir habe ich keine Hemmungen, du darfst zusehen.
Z: Nicht nur einmal, ...
E: ... ergänzte der Zwerg, ...
Z: ... sondern immer, wenn du nach Hexenei stinkst.
Sch: Was? ...

E: ... sagte Schneewittchen konsterniert. Und dann erklärte der Zwerg, wodurch er den Prinzen von des Friedhofs Leichengeruch wieder an ihre Seite locken könne. Schneewittchen hörte aufmerksam zu, rümpfte dabei immer wieder die Nase, seufzte dann ...
Sch *(resigniert)*: ... Ach! ...
E: ... und sagte schließlich: ...
Sch: ... Was tut man nicht alles aus erotischer Gier! Also gut, ich erkläre mich mit deinem Vorschlag einverstanden – doch wie werde i c h den Gestank ertragen?
Z: Indem du gut duftendes Bienenwachs in deine Nasenlöcher stopfst, ...
E: ... erklärte der Zwerg.
Sch: Da werde ich nicht atmen können, ...
E: ... wandte Schneewittchen ein.
Z: Doch, ...
E: ... sagte der Zwerg ...
Z: Wenn du vor Lust keuchst und stöhnst, hast du doch immer den Mund offen ...
Sch: Richtig, ...
E: ... bekräftigte Schneewittchen und vergewisserte sich nochmals: ...
Sch: ... Du bist davon überzeugt, dass dieser Eichelpilz das richtige Mittel ist?
Z: Ja, ...
E: ... bestätigte der Zwerg und lachte ...
Z *(lacht)*: ... Ganz sicher: Die Hirten geben ihn seit alters her ihrem Weidevieh zu fressen, um dessen Brunst zu verstärken.
Sch: Ich bin doch keine Kuh, ...
E: ... antwortete Schneewittchen indigniert.
Z: Nein, doch dein Prinz kommt mir wie ein Ochse vor, ...
E: ... stellte der Zwerg fest.

Sch *(seufzend)*: Er liebt eben statt Rosenduft Leichengestank, ...
E: ... seufzte Schneewittchen.
(Hintergrund: Ouvertüre zum „Sommernachtstraum"):
E: In der folgenden Nacht, Vollmond und Sterne strahlten von ihrer Kobaltkuppel herab, verlockte Schneewittchen ...
Sch *(erotisch kichernd)*: ... Komm doch mit mir ...
E: ... den Prinzen zu einem Nachtspaziergang hinaus in den Wald. Die Sommerluft war warm, Glühwürmchen schwirrten, Grillen zirpten, Käuzchen riefen *(eingeblendet)* – es war demnach märchenhaft wie im Bilderbuch, Schneewittchen atmete in tiefen Zügen die ozonreiche Waldluft ein ...
Sch: *(tiefes Luftholen hörbar, gedämpfte Schritte auf weichem Boden)*
E: ... Doch je tiefer sie in den Wald kamen, desto mehr erschnupperte sie einen immer bestialischer werdenden Geruch, ...
Sch *(denkt)*: Es stinkt ja entsetzlich!
E: ... den sie endlich nicht mehr ertrug, sich daher die mitgenommenen Honigwabenstöpsel in die Nase schob und mit offenem Munde weiteratmete.
Sch: *(tiefe Atemzüge durch den Mund)*
E: Der Prinz hatte sie immer fester und enger an sich gepresst, keuchend ihren Körper umtastet, ...
P *(Lustkeuchen, das stärker wird, erregtes Flüstern)*: Komm, Schneewittchen, ich bin so gierig nach dir, ... dort vorne ist eine Lichtung ...
E: ... und warf sie schließlich auf einem bemoosten Fleck zu Boden ...
Sch: *(leiser Aufschrei)*
E: ... Und die Ekstase nahm ihren Lauf ...
(Als rasches, kurzes Furioso [quasi die komprimierte Parodie eines ablaufenden Geschlechtsaktes]: gemeinsamer Aufbau des Stöhnens

und Kulmination im beiderseitigen Aufschrei – eventuell mit Musikuntermalung: Carmen: Auf in den Kampf)
Die Nachtstunden liefen auch dahin und als beide im Morgengrauen schwankend vor Müdigkeit sich von ihrem Lustlager erhoben, betrachtete Schneewittchen die eiförmigen, weißen Eichelpilze, die rundherum ihre schleimigen Köpfe aus dem Boden streckten.

Sch *(denkt)*: Die Lustmorcheln haben gehalten, was mir der Zwerg versprochen hat: Deren Aasgestank hat den Prinzen aufs höchste stimuliert …

E: … Und wenn sie sich nicht zu Tode geliebt haben, dann tun sie es sicher noch heute – *(überlegt)*: Nein, so weit sind sie noch immer nicht … Während des Sommers hatte der teufelseibewachsene Wald mit dem für Schneewittchen widerlichen, leichenartigen Gestank den Prinzen vom Friedhof weggehalten, doch gegen Sommerende überfiel sie Angst …

Sch *(denkt)*: … Die Nächte werden nicht mehr lange warm sein und dann?

E: Als hätte der Zwerg ihr Grübeln gespürt, kam er eines Nachts, als der Prinz neben ihr am Moos schlief, hinter einem Phallus impudicus hervor, hinter dem er seiner Voyeurlust gefrönt hatte …

Z *(leise rufend)*: Pst, Schneewittchen!

E: … und erlöste sie von ihrer Grübelei über die kommende kalte Jahreszeit mit einem Vorschlag …

(Unverständliches Gewisper zwischen Zwerg und Schneewittchen.)

E: … Schneewittchen holte am nächsten Tag einige Goldbatzen aus ihrer halben Schatzkammer …

(Quietschen einer schweren Metalltür, Stöckelschuhgeklapper auf Stein, Quietschen eines aufgehobenen Eisendeckels, Münzengescheppere, Zuwerfen des Truhendeckels, Stöckelschuhgeklapper auf Stein, Einfallen der Tür ins Schloss.)

E: … und hielt den Mammon – wie dem Esel die Rübe vors Maul – einem Trupp Handwerker vor die begehrlichen Hände *(unverständliches Gemurmel verschiedener Männerstimmen, nur einzelne Wortfetzen verständlich:... Jawohl, ... wir werden alles daran setzen, ... wir versprechen ... unsere Handwerkerehre untertänigst ...)*

E: ... Dieser goldene Ansporn bewirkte, dass innerhalb zweier Wochen vor ihrem Schlafgemach ein Wintergarten gebaut wurde ... *(Hintergrundgeräusch: Hämmern, Bohren, Sägen, etc. – Handwerker am Werk.)* ... Gläsern wie einst ihr Sarg – jedoch um etliches größer – und auch nicht als Leichenbehälter, sondern als Lustschrein gedacht.

(Die Handwerkerstimmen versetzt: Fertig, fertig, fertig.)

Sch: Danke. *(Münzengeschepper)*

E: ... Den Raum füllte der Zwerg in etlichen Nächten, ... *(Schleifgeräusch, angestrengtes Keuchen des Zwerges, Gepolter.)*

E: ... – ... während derer sich Schneewittchen samt Prinzen noch im Wald vergnügte *(noch dichter komprimierteres Ekstasenablaufgestöhne)* ...

E: ... mit Pflanzen ... In der Nacht zum 23. September fielen Baro- und Thermometer, fiel Regen vom Himmel *(Regengeprassel, Windgeräusch)* und fielen Schneewittchen und Prinz in das in der Mitte des Wintergartens aufgestellte Himmelbett *(Aufplumpsen, Gelächter, Lustpräluminarien),*

E: ... in welches Schneewittchen zuvor – bereits mit Wachsstöpseln in der Nase – abgebrochene Äste des Teufelszwirns hinter Kissen versteckt hatte ...

Sch *(spricht mit verstopfter Nase leise zu sich, während man gleichzeitig das Knacken abbrechender Äste hört)*: So, mein lieber Gemahl, unser winterliches Lustlager ist bereit.

E: Und wie im Wald die Stinkmorchel, so hielten im Wintergarten Stinkniewurz und Stinkteufel, was der Zwerg versprochen hatte: Ihr widrig narkotischer und rettichartiger Geruch belebte die Fantasie des Prinzen und seines Phallus. Die Sträucher trugen violette Blüten und rote Beeren, die Stauden schmückten sich mit glockenförmigen, tiefpurpurrot gerandeten Blütenkelchen und entschädigten Schneewittchen mit ihrem schönen Anblick für das Stöpsel-in-der-Nase-haben-Müssen. Und wenn sie sich im Herbst, Winter und Frühjahr nicht zu Tode geliebt haben, dann tun sie es sicher noch heute … *(nachdenklich)*: Nein, so weit ist es noch immer nicht, denn eines Morgens erblickte der Prinz den Zwerg, der bisher sich und seinen voyeuristischen Blick hinter Solanum dulcamara und Helleborus foetidus verborgen hatte. Der Zwerg war nämlich nicht wie sonst nach der gesehenen Vorstellung auf der waagrechten Leinwand verschwunden, sondern konnte sich vom Anblick Schneewittchens gelöster Nacktheit nicht losreißen.

Z   *(denkt)*: Oh, wie ist sie schön, wie war sie heute geil, wie begehre ich sie …
E: Als seine beiden Hauptdarsteller nebeneinander erschöpft eingeschlafen waren, hatte er sich auf- und angeregt auf Schneewittchens Bauch gesetzt und in ihren Nabel sein Zipferl hängen lassen. Das kitzelte, … Schneewittchen lachte im Schlaf …
Sch: *(kurzes, liebes Gekichere)*
E: … Davon erwachte der Prinz.
P   *(zuerst tiefe Atemzüge, dann Aufschrecken, leise)*: Was … was ist, Schneewittchen? …
E: … und erblickte den Zwerg.
P: Ha! Was treibst du hier!
E: … Er packte ihn an dessen zwei Zipfeln, der Zwerg schrie:
Z: … Aua! …
E: … Davon erwachte Schneewittchen …

Sch: Was ... was ist? *(Entsetzt)*: Oh ... ach!
E: Der Prinz stellte Fragen und erhielt Aufklärung vom Zwerg und von Schneewittchen über die wunderbaren Gestankorgien der letzten Zeit.
Z's und Sch's Stimmen (unverständlich durcheinander)
E: ... Und der Prinz saß in der Falle: Würde er den von Schneewittchen zugesagten Obolus nicht weiter genehmigen, würden mit dessen Entzug auch die Pilze, Sträucher und Stauden verschwinden – und mit ihnen der Gestank, der ihn nun schon lange besser als echter Leichengeruch olfaktorisch ergötzt und zum erigierten Zustand verholfen hatte. So blieb dem Zwerg weiterhin das Zusehen, doch dem Prinzen zusehends Unlust am Beobachtetwerden ...
P *(denkt)*: Auch wenn er sich verbirgt – dieses Wissen, dass er uns beobachtet, ertrage ich nicht mehr! Ekelhafter kleiner Spechtler!
(spricht zu sich): Doch wozu bin ich ein Märchenprinz? In der Schlossküche ...
E: ... zählte zum Küchenpersonal die Hexe, die Brotlaibe in den Backofen schob und schon lange nichts mehr zu hexen bekommen hatte. Sie versteinerte auf des Prinzen Geheiß eines Nachts den Zwerg ...
(Sturmbrausen, Katzenmiauen)
Hexe *(kichernd)*: Hi, hi, hi!
Ich bin die Hexe Kniesebein,
du Zwerg sei ab sofort aus Stein!
E: ... Da halfen Schneewittchens Einspruch: ...
Sch: ... Das ist unfair von dir, mein Gemahl.
E: ... und Bitten: ...
Sch: ... Lass ihn doch lieber ins Zwergenreich gehen! ...
Sch: ... und Drohen: ...
Sch: ... Ich verstehe mich mit der Hexe auch recht gut! ...
E: ... gar nichts. Der Prinz fand: ...

P: ... Der Zwerg hat genug gesehen!
E: Warum schickte er ihn nicht zurück hinter die sieben Berge zu den sechs Zwergen?
P: ... Weil ich nicht will, dass er den sechs anderen vom gesehenen Sex erzählt!
E: Schneewittchen jedoch brachte es nicht übers Herz, den versteinerten Zwerg neben ihrem Bett ansehen zu müssen, und so trug sie ihn hinaus in den Garten ... *(Geräusch von Schritten auf Kies.)*
E: ... und stellte ihn unter einen Rosenbusch.
Sch: Armer Kleiner!
E: Im Sommer hielt sie wieder mit dem Prinzen im Wald ihre erotischen Turnstunden ab *(ganz kurz Einblendung aus der Ouvertüre zum Sommernachtstraum und Lustgestöhne)* und in der übrigen Jahreszeit in der Glasfalle, wie sie den Wintergarten benannt hatte – denn hier war der Zwerg dem Prinzen in die Falle gegangen. Und wenn sie sich nicht zu Tode geliebt haben, dann tun sie es sicher noch heute.
(überlegend): ... Nein, so weit ist es noch immer nicht, denn da die Hexe so lange nichts mehr verhext hatte, hatte sich bei der Steinverwandlung des Zwerges ein Fehler mit hineingeschlichen und dieser zeigte sich so, dass der Gartenzwerg sich auf unerklärliche Weise vermehrte *(kurze, gleichmäßige Plop-Geräusche)*... Bald standen in jedem Schlossgarten und in jeder Palaisgrünanlage steinerne Gartenzwerge – die alle an voyeuristischen Entzugserscheinungen litten ...
(Die Stimme des Zwerges in verschiedenen Ton- und Emotionslagen, technisch verfremdet, nebeneinander: unerträglich, unerträglich, unerträglich, unerträglich ...)
E: ... Und daher mit weit aufgerissenen Augen umhersahen, ob nicht vielleicht in der Nähe ein kopulierendes Paar ihrem Gelüst Befriedigung verschaffen würde.

So ging das einige Jahrhunderte – dann machte sich ein zweiter Hexenfehler bemerkbar: Die Gartenzwerge mutierten von Stein zu Kunststoff *(wieder mehrere, kurze, gleichmäßige Plop-Geräusche)*, doch diese Umwandlung tat ihnen auch sonst nicht gut, denn gleichzeitig wurden sie wieder zu Kindern *(Kleinkindergekicher und -geplapper)* und stehen seither nicht mehr lüsternen Blickes, sondern mit unschuldig-pausbäckigem Lächeln auch nicht mehr in Prunkgärten, sondern *(verächtlich)*: in ganz gewöhnlichen Hausgärten. *(Resigniert)*: Ja, manchmal sogar auf Fensterbrettern zwischen Blumentöpfen.

Sch *(wieder als übertriebene Kinderstimme)*: Und was war mit dem Prinzen?

P *(wieder als übertriebene Kinderstimme)*: Und was war mit Schneewittchen?

E: Schneewittchen verlor in einer Sommernacht die Bienenwachspfropfen aus der Nase und verlor vom Gestank der Rutenmorcheln um sie herum das Bewusstsein.

Sch *(wieder als erwachsene Stimme)*: *(entsetzter Aufseufzer)* Ooooohhhh!

E: Der Prinz meinte zunächst, sie sei vor Ekstase ohnmächtig geworden …

P *(wieder als erwachsene Stimme) (aufgeregt keuchend)*: Schneewittchen, war ich so gut?

E: Doch als sie nicht mehr zum Leben erwachte, aß er aus Verzweiflung über ihren Tod …

P: *(Schluchzen mit Kaugeräusch)*

E: … die roten Beeren der Elfranke und vergiftete sich damit.

P *(Schmerzensschrei und Aufplumpsen)*: Aaahh!

E: Also jetzt ist es so weit: Die beiden haben sich zu Tode geliebt.

Ende: Filmmusik aus Walt Disneys „Schneewittchen", Chor der Zwerge, als sie vom Bergwerk nachhause marschieren.

Reflexionen

Mai

Soll ich ihn ansprechen? Das wäre über meinen dreifachen Schatten springen. In dreifachem Salto mortale. Er sitzt bereits seit einer halben Stunde dort; saß schon drüben, als ich hierher kam. Blickte noch kaum von seiner Lektüre auf. Was liest er? Ich sehe nicht so weit. Ein kleines Buch. Wann habe ich zuletzt jemanden auf einer Bank sitzen sehen, mit einem Buch in der Hand? Wann bin ich zuletzt auf einer Bank gesessen? In der Straßenbahn, ja, dort registriere ich manchmal Buchleser. Eine Minderheit. Studierende. Meistens mit Fachliteratur, Herz-Schmerz-Heftchen oder -Comics für die einfacheren Gemüter.

Seit Alfreds Tod lebe ich ohne geistigen Dialog. Das ist der Grund, dass mir der Gedanke kam, diesen Fremden anzusprechen. Das solistische geistige Dasein ist unerträglich. Bücher lesen, Theater besuchen, Filme ansehen, Musik hören, ohne späteren Dialog. Es war schwer, sich daran zu gewöhnen. Ich habe mich nicht gewöhnt, vermisse die geistige Zweisamkeit so sehr.

Jene Menschen, die mir reale Hilfe bieten, seit ich allein leben muss, sind handwerkliche Praktiker; keine geistreichen Menschen. Selbstverständlich bin ich froh, dass es sie gibt. Doch mein echtes, wahres, gutes Leben bestand ja früher, mit Alfred, aus einer gemeinsamen geistigen Welt. Mit der alltäglichen Realität sind wir nebenbei irgendwie zurande gekommen.

Wie glücklich war ich. Wie unglücklich hat mich sein Tod gemacht. Wer hoch steigt, fällt tief. Richtig. Ich bin tief unten. Sehr tief unten, dass ich nun sogar überlege, öffentlich einen fremden Mann anzusprechen. Wahrscheinlich würde eine Zwanzig- oder Dreißigjährige keine Skrupel haben; deren Generation ist unkonventioneller erzogen worden.

Jetzt blickte er einmal kurz auf. Ich glaube, er sah mich an. Aber so distanziert unpersönlich wie ich stets die Leute streife. Das ist ein positiver Zug. Nicht einer, der alleinsitzende Frauen taxiert. Dumm, dass ich meine Sonnenbrille trage; es ist schon ziemlich dämmerig und das Glas verdunkelt die Umgebung noch mehr. Er ist sicher um etliches älter als ich: Vollbart und das unter dem Regenhut hervorquellende Haar zur Gänze weiß.

Vielleicht ist er ein Tourist? Seine Kleidung würde dem entsprechen. Die dicke Jacke scheint für das warme Frühlingswetter zu warm. Jeans. Feste Lederschuhe. Eine sehr große, prall gefüllte Reisetasche neben sich. Halbbrille. Seine gerade Haltung, die übereinander geschlagenen Beine, die ruhige Bewegung beim Seitenumblättern, das Nichtregistrieren der Umgebung um sich erinnern ein wenig an Alfred.

Ich nahm an, die Menschen hier auf den Bänken würden sich rascher wieder zerstreuen. Doch obwohl dieser Platz ein Straßenbahnknotenpunkt mehrerer Linien ist, bleiben viele länger sitzen, studieren den Stadtplan, essen Eis, lesen Zeitung, sprechen miteinander.

Soll ich, an sechs vollbesetzten Bänken vorbei, zu ihm hingehen? Ihn ansprechen? Manche Leute haben mich beobachtet. Was soll ich überhaupt sagen? Wie spricht man einen Fremden an? Jetzt bin ich in der Situation eines Mannes, der mit einer Frau bekannt werden möchte. Viel unangenehmer. Völlig ungewohnt. Wenn er ein Ausländer ist? Englisch wird er schon sprechen.

Wenn er aufstünde und wegginge. Und ich hinter ihm drein? Unsinn, das würde es noch viel schwieriger für mich machen. „Entschuldigen Sie, Sie sind auf der Bank gesessen. Ich wollte Sie dort nicht ansprechen." Und dann? Was sage ich dann? „Was haben Sie gelesen?"

Er trägt keinen Ring. So viel habe ich gesehen. Das besagt natürlich nichts, Alfred und ich trugen auch keinen. Einer, der wie ein Globetrotter aussieht. Ja, so sieht er aus.

Seit beinahe zwei Stunden sitze ich hier. Die Zeitung habe ich längst ausgelesen. Jetzt sind etliche Leute von den Bänken weggegangen. Ich spreche ihn an. Was sage ich? Ich sage: „Ich saß ziemlich lange gegenüber Ihrer Bankreihe. Es interessiert mich, was Sie lesen. Ihr Buch sah von weitem alt und vergilbt aus." Dann muss er etwas antworten.

Ach Alfred. Meine geistige Verlassenheit ist sehr groß. Was würdest du von mir denken? Ich überlege, einen Fremden anzureden; nur um nach Monaten wieder einmal einen gescheiten Dialog mit einem Mann führen zu können. Ich schäme mich. Ich habe Angst. Warum musstest du sterben.

Ich raffte mich auf. Gegen meine inneren Widerstände. Ging hinüber. Rundherum auf den Bänken gab es nur mehr türkische Jugendliche, eine italienische und eine japanische Touristengruppe, eine Mutter mit Kleinkind. Also niemanden, der mich auch nur im Entferntesten kannte oder je wieder sehen würde.

Die wenigen Schritte kamen mir trotzdem wie Spießrutenlauf vor, auch unwirklich. War das wirklich ich, die da hinüberging? Er saß nach wie vor allein auf der Bank, die Tasche rechts neben sich. Links war reichlich Platz. Ich setzte mich dort und sagte: „Ich bin neugierig. Was lesen Sie?"

Ob meine Stimme zitterte, weiß ich nicht. Er sah langsam auf. Blickte mich ein wenig erstaunt an. Antwortete mit angenehm ruhiger Stimme: „Jack London, Wolfsblut."

Dabei zeigte er mir den Bucheinband. Es war ein Taschenbuch. „Ich habe es aus einer der Wühlkisten vor einer Buchhandlung. Dort gibt es oft Preisgünstiges. Dieses Buch las ich als Halbwüchsiger. Damals gefiel es mir. Ich wollte es mir nun mit meinem erwachsenen Hirn noch einmal zu Gemüte führen. Ist das schlecht?"

Ich sagte: „Nein", und lachte ein wenig. Auch deswegen, weil ich die erste Hürde genommen hatte und seine Antwort so selbstverständlich war. Auch sein Verhalten.

„Ich saß gegenüber. Man sieht selten jemanden ein Buch lesen. Darum hat es mich interessiert."

Er sagte: „Ich sah sie vis-a-vis."

Ja, so kamen wir ins Gespräch. Es stellte sich heraus, dass er aus dem Geburtsort meiner Mutter stammte, jedoch bereits jahrzehntelang in dieser Stadt lebte. Als er mir vertraute Straßen- und Geschäftsnamen nannte, Umgebungsbeschreibungen, die ich aus Kindheitserzählungen kannte, dachte ich, selbst wenn ich nicht metaphysisch veranlagt bin, dass dies doch ein positives Schicksalszeichen sein könne.

Er schätzte Jazz und Kammermusik, hatte sich von der Fotografie als Beruf zum Instrumentenmacher gewandelt und war im Begriff, nach Kreta abzureisen. Seit Jahren verbrachte er dort einige Monate des Jahres. Diesmal wollte er Unterlagen für ein Drehbuch sammeln, nach Erledigung einiger Angelegenheiten in den nächsten Tagen wegfliegen. Mir kam Alexis Sorbas in den Sinn.

Irgendwann dazwischen: „Machen Sie das öfter?" Als ich fragte, was er meine, sagte er: „Männer ansprechen." Das traf mich. Bei aller distanzierten Freundlichkeit hatte er seine Überlegungen gemacht. Natürlich, er war ein männlicher Mensch meiner Generation. Es schien ihm wie mir ungewöhnlich, als Mann angesprochen zu werden. War es ihm unangenehm gewesen?

Ich erklärte meine lange Überlegung, bis ich mich dazu durchgerungen, diese Tat zu vollbringen; erzählte von meiner geistigen Verlassenheit seit Alfreds Tod.

In der Nähe sah ich nun, dass seine Fingernägel schmutzig, Haar und Bart ungepflegt und zu lang, die Schuhe ziemlich abgetragen, der Hut ausgebleicht war. Als er aus seiner Tasche eine undurchsichtige Plastikflasche zog, daraus einen langen Zug tat und auf Befragen, was er trinke, „Wein" antwortete, ich erstaunt fragte: „Warm?", und er erklärte, es sei Rotwein, war es mir plötzlich peinlich, diesen Menschen in ein Gespräch gezogen zu haben.

Er schlug vor, von dieser Bank, wo es inzwischen gänzlich dunkel geworden war, in ein Lokal zu wechseln und steuerte auf ein Beisel zu. Ganz in der Nähe. Bevölkert von Jugendlichen. Er behielt seinen Hut auf, fragte: „Macht das was?" Ich dachte, er habe womöglich eine Glatze und wolle diese nicht zeigen. Er fügte hinzu, er käme aus seiner Werkstatt. Konnte man sich in derselben nicht die Hände säubern? Er schien es bei Verlassen derselben nicht eilig gehabt zu haben, nachdem er stundenlang in Ruhe auf der Bank gelesen hatte.

Irgendwie vermittelte er mir mehr und mehr den Eindruck eines Sandlers. Dies wollte ich mir jedoch nicht eingestehen. Außerdem stand seine Bildung, seine Sprache im Widerspruch zu seinem Äußeren. Er trank zwei Glas Rotwein rasch hinunter. Sein Gesicht schien mir aufgedunsen. Der Eindruck eines Alkoholikers trat immer stärker vor mein Auge.

Er sagte, er habe seit Tagen mit keiner Frau gesprochen. Dies bestärkte wieder meinen positiven Eindruck. Jemand, der wie ich tagelang mit sich allein sein konnte oder musste, schien meiner Lebenseinstellung nahe. Außerdem erklärte er freimütig, dass er seit Jahrzehnten, also als junger Mann, geschieden sei, einige lose Verbindungen gehabt habe, aber seit langem allein durch die Welt ziehe.

Er begleitete mich ein Stück des Weges in Richtung meiner Wohnung. Es war angenehm, einen Diskurs über alte Filme, Bücher und den Kunstbetrieb der Stadt zu führen. Ich dachte, ich solle nicht nach Äußerlichkeiten urteilen.

Er gab mir seine Adresse in Kreta, einem Kafenion in jenem Ort, wo er hinwollte; auch die Anschrift seiner Werkstatt hier in der Stadt.

Juni

Sehr geehrte Klientin,
danke für Ihr Vertrauen zu einer grafologischen Analyse. Leider sind die männlichen Schriftzüge nicht in Überfülle vorhanden, doch sie reichten aus, um die wichtigsten Charaktertendenzen herauszufinden.

Der Herr ist niveauvoll, intelligent, vielseitig begabt, flexibel, geselliger Natur, aber nicht aufdringlich. Er kann sehr ideenreich und kreativ im Geistigen, wie auch Manuellen sein; stets auf der Suche nach neuen Werten und Empfindungen; an sich aktiv-dynamisch, allerdings doch sensibel-empfindlich; zuweilen aggressiv, aber in Grenzen haltend.

Zu Ihrer Frage bezüglich: „Ist der Mann vertrauenswürdig?" Das Schriftbild zeigt nichts Negatives in dieser Hinsicht. Obwohl er gefühlsbetont und emotionell sein wird, werden die Gefühle vom Verstand überwacht oder stark mitbestimmt. Diese Tendenz ist nicht negativ zu beurteilen, da ja auch eine gewisse Ordnung und Übersicht gegeben ist. Er ist sicher taktvoll und feinfühlig.

Die Schrift zeigt einen reifen Charakter mit positiven menschlichen Qualitäten. Diese werden sich geistig-psychisch-körperlich harmonisch auswirken.

Beide Schriften passen gut zusammen – über dem Durchschnitt. Eine geistige Freundschaft scheint mir unter gutem Vorzeichen zu stehen. Ich wünsche Ihnen für deren Beginn alles Gute.

Juli

Für Alexander
(Wie Sie sicher wissen, bedeutet Ihr schöner Name: Männerfreund. Ist dies der Grund, weshalb kein Lebenszeichen von Ihnen zu mir gelangte?)
„Schreiben Sie mir" –, so verabschiedete ich mich von Ihnen. Obwohl ich nun darüber nachgrüble, ob ich eine Antwort überhörte, so komme ich zu dem Schluss: Es gab keine, weder ja noch nein – und es gab auch bis heute keinen Brief. Doch Sie gaben mir Ihre Adresse – sind Sie dort angelangt?
Vielleicht schrieben Sie und die Nachricht erreichte mich nie? (Sommerlich-griechische postalische Verhältnisse sind unsicher.)
Zwei Stunden saß ich damals auf der Bank und kämpfte mit mir, ob ich Sie ansprechen solle. Zwei Monate kämpfe ich wider meine Vernunft, Ihnen zu schreiben. Abermals ich, die einen Schritt zuerst tut – was werden Sie von mir halten?
Sie läuft mir nach – ist wohl die gängige Formel dafür, die Ihnen vielleicht schmeichelt, alles (was? mich!) ins wirklich falsche Licht rückt.
Ich habe heute Geburtstag – dies als Entschuldigung mir selbst gegenüber.
Da ich Ihnen ein Glas Rotwein schulde (es war mir sehr unangenehm, dass Sie es beglichen), sende ich als monetären Ausgleich einige internationale Postantwortscheine.

In meinem hundertjährigen Lexikon fand ich 17 Alexander (drei slawische Fürsten, einen deutschen Prinzen, vier östliche Könige, einen römischen und drei russische Kaiser, zwei Päpste, einen englischen und einen griechischen Denker) – sowie einen fahrenden Sänger. Dieser gefiel mir für Sie als „Schutzpatron": Meister Alexander, auch der wilde Alexander genannt. Ein süddeutscher Fahrender um 1250, Schreiber minnesängerischer Lieder und Sprüche. Schreiben Sie an Ihrem Drehbuch? Schreiben Sie mir.

Wilhelmine

AUGUST

Aller guten Dinge sind drei. Vielleicht auch aller schlechten. Soll ich, abermals ich, einen dritten Versuch …? Er gab mir die Telefonnummer der Werkstatt, in welcher er einen Raum gemietet hat …

Ich stecke seit Wochen tief in Arbeit. Alles Schriftliche und der große Garten. Grübeleien über meine weitere Lebensform. Stundenlange Spaziergänge allein. Eine männliche Stimme, die einen klugen Satz zu mir sagt, hörte ich nicht mehr.

Ich versuche es noch ein drittes Mal. Vielleicht ist ihm sein Notizbuch abhanden gekommen? Ein letzter Versuch. Falls er keine Antwort gibt, werde ich nie wieder. Ich werde mein Leben allein leben müssen. Nur Bücher als Ansprechpartner. Die Antworten muss ich mir selbst geben. Ich eigne mich nicht für menschliche Kontakte, schon gar nicht für Frauenfreundschaften. Eignete mich nie. Alfred war der glückliche Zufall meines Lebens.

Mein Anruf in der Werkstatt. Ich täuschte eine geschäftliche Verbindung vor. Man wusste von seiner Absicht nach Kreta zu reisen, hatte ihn jedoch noch im August in der Stadt gesehen. Ich hinterlegte meine Telefonnummer. Warte ich darauf, dass er anruft? Ehrlich gesagt: Nein. Und in meinem Kopf nehmen die Überlegungen für die Bewältigung des Alltäglichen immer mehr Raum ein. Ich versuche, mich mit Arbeit jeglicher Art zu ermüden, um schlafen zu können. Versuche, mich mit meiner nunmehrigen Daseinsform abzufinden.

SEPTEMBER

Liebe Frau Wilhelmine!
Vorerst nur eine kurze Karte zwecks rascher Zurückmeldung. Ich trödelte in diversen Angelegenheiten nach Salzburg und München. Blieb dort hängen. Durchträumte alte Zeiten. Inzwischen wurde es zu heiß für Kreta, über 40°. Wie sollte ich ahnen, dass Sie noch an mich denken. Wollte Ihnen nicht lästig fallen. Habe dummerweise auch die Werkstatt nie angerufen. Eigentlich wollte ich allein sein. Dachte viel an Sie. Ich melde mich, Xandl

---

Freute ich mich über diese Karte? Spontan ist das nur mit nein zu beantworten. Ich war überrascht, ja.
Die Analysierung seiner Worte begann bereits beim ersten Durchlesen. Zweimal las ich sie. Er kann also seine Zeit nach eigenem Gutdünken einteilen. Schätzt Hitze nicht. Eine Übereinstimmung. Auch ich leide unter jedem Grad, das über 25 liegt. Weshalb gab er mir Adresse und Telefonnummer, wenn er nicht damit rechnete, dass ich schreibe? Denn

die Adresse bot er an. Nicht ich als erste. Er wollte allein sein. Akzeptiert. Das will ich zumeist auch. Im Alleinsein kann man gut nachdenken. Tat auch er. Warte ich auf den Anruf? Ich „abwarte" ihn, ist wohl die bessere Zustandsbeschreibung.

Heute traf ich diesen Mann am Bahnhof. Merkwürdig, dass ich ihn nicht einmal in Gedanken mit dem Namen benenne, den ich schriftlich verwende. Xandl ist ländlich bieder, ein Relikt seiner Kindheit. Nur wurde aus ihm kein Biedermann. Alexis (wieder fällt mir Sorbas ein) passte viel eher zu seinem Typus. Und Alexander ist der Name des fahrenden Liedersängers, wahrscheinlich auch Lautenspielers, der er ist.

Ich hatte die Befürchtung, ihn nicht mehr zu erkennen. Ein halbes Jahr ist dahin seit dem Dämmerungsgespräch auf der Bank – und die nachherige Nachtbeleuchtung war auch nicht sehr erhellend. Er war ein Stück größer als ich; wie viel, wusste ich nicht mehr. Fixer Anhaltspunkt das weiße Haar. Vielleicht ist der Bart abrasiert? Um die vereinbarte Mittagszeit, an einem Wochentag, werden am Bahnsteig dieser wenig frequentierten Vorortelinie nicht viele Männer stehen.

Als er anrief, schien er mir ähnlich verlegen wie ich. Verlegen nicht aus irgendwelcher Scham, eher aus Fremdheit. Was sollte ich sagen? Er löste es gut, erklärte, seine Telefonwertkarte wäre beinahe verbraucht. Und ich hatte ja die Tage nach dem Erhalt der Postkarte Zeit, mir einen Treffpunkt zu überlegen. Denn, dass ich diesen bestimmen würde, stand fest.

Nur dort, wo ich mich vertraut fühle. Es war nahe liegend, ihn in den Garten einzuladen. Da bin ich zuhause. Und völlig unbehelligt von anderen Menschen.

Wie würde es sein, das erste Mal nach Alfreds Tod hier mit einem Fremden zu sitzen? Davor hatte ich Angst. Ach Alfred, mein Leid um deinen Verlust, nur du könntest es ermessen; du kanntest mich besser als ich mich selbst. Du machtest mich mit deiner Klugheit, deinem Wissen, zu einem abhängigen Wesen; von geistigen Qualitäten so abhängigen Wesen, dass ich nicht aus und ein weiß ohne dich.

Ich werde vergleichen. Ich habe verglichen. Das soll man nicht. Eineiige geistige Zwillinge gibt es nicht.

Mit Angst in der Magengrube fuhr ich zum Bahnhof. Angst wovor? Angst davor, wie ich ihn auf höfliche Weise wieder verabschieden solle, wenn mit klarem Kopf festzustellen ist, dass es mir nicht möglich sei, nur einen Nachmittag ohne seelische Belastung mit ihm zu reden.

Damals, jener frühe Abend; es war bloß eine knappe Stunde Gespräch gewesen – in meiner Erinnerung blieb nur das Erschrecken über meine Initiative vorherrschend.

Er trug dieselbe Jacke, keinen Hut. Statt einer Glatze gab es einen Wust weißer Haare. Statt falscher Zähne nur eine lückenhafte Zahnreihe. Seine Kopfform erinnerte mich an eine von Platons Abbildungen. Ein breiter Kopf auf pyknischem Körper.

Die Augen so hell im Grau, dass die Pupillen wie zwei Tunnel in weiter Winterlandschaft wirkten. Kühl und intelligent. Nicht hart und kalt. Doch auch nicht weich und warm, wie Alfreds dunkelbrauner Blick gewesen war.

Feste Hände, schön geformte Nägel, mit Schmutzrändern wie beim ersten Mal. Dieselben Schuhe, dieselbe Tasche. Das Gesicht im hellen Sonnenlicht gut ausgeleuchtet; gedunsen und bläulich rot. Ein Alkoholiker?

Dass er nicht rauchte, hatte ich an jenem Abend bereits als angenehm empfunden.

In der Bahn drehte sich das Gespräch um die vorbeiziehende Gegend. Sie war ihm bekannt. Frühere Freunde

wohnten an dieser Strecke. Wir sprachen nicht sehr viel. Beiderseitige Zurückhaltung, vielleicht Verlegenheit. Was er dachte, hätte ich gerne gewusst. Das äußere Verhalten war sicherlich nur unser beider Bedeckthalten. Ein Knopf an seiner Jacke fehlte, die Hose war eingerissen. Seine Tasche warf er im Garten achtlos ins Gras. Alfreds ordentliche Art. Vergleiche nicht.
Es war ein sonniger, frühherbstlich schöner Tag, mit leichtem Wind. Er freute sich ganz offensichtlich, im Garten zu sitzen. Aß jedoch kaum von dem griechischen Salat, den ich zubereitete, trank jedoch nach jedem Anbieten rasch sein Bierglas leer, vier Liter innerhalb kürzester Zeit, und sagte, er habe Dosen mitgenommen, da er nicht vermutete, dass ich Bier vorrätig hätte. Ich erklärte, die nachbarlichen Helfer im Garten machten eine diesbezügliche Vorratshaltung nötig.

Homer, Erich Fried. Visconti. Alain Delon. Chu Berry. Bach. Monteverdi. Der Themenkreis war weit und eine lebhafte Diskussion mit einem friedvollen, klugen Gegenüber hatte ich lange entbehrt. Es war angenehm, nicht taxiert zu werden.

Kein abschätzender Männerblick. Ein Leben lang als unerwünschte Zudringlichkeit empfunden. Dieser Mann schien ein Neutrum in männlichem Körper. Wie angenehm, fühle ich mich doch selbst als Neutrum in weiblicher Fassung.

Er besitzt keine eigene Wohnung mehr, wohnt bei einem Freund. Hat, wie er sich ausdrückte, seit einigen Jahren mit Frauen nichts mehr am Hut gehabt. Das klang beruhigend.

Ich erzählte über meine Arbeit seit Alfreds Tod. Seine mitfühlenden, verstehenden Worte klangen echt. Erwog, ihn zu fragen, ob er mir bei der Gartenarbeit, bei kleineren Reparaturen helfen wolle.

Als einer der Nachbarn meine leere Biotonne ausborgen wollte, ließ ich ihn kurze Zeit allein; fand ihn schlafend im

Sessel, als ich zurückkam. Er schlief wohl vom Rausch. In seiner neben ihm nun offenen Reisetasche lagen zwei leere, zusammengequetschte Bierdosen obenauf, die er während meiner Abwesenheit rasch ausgetrunken haben musste. Fünf Liter Bier in knappen eineinhalb Stunden. Ein Alkoholiker demnach.

Dass er um zehn Jahre älter wirkte als er war, verursachten nicht nur die weißen Haare, sondern auch das aufgeschwemmte Gesicht.

Verurteile nicht. Tu ich auch nicht. Beurteile bloß. Dass ich aus Verzweiflung über Alfreds Tod nicht zu trinken begann, ist bloß dem Umstand zuzuschreiben, dass mir Alkohol, in welcher Form auch immer, nie schmeckte.

Alkoholiker essen kaum. Einer, der sich seit Dezennien in Kreta aufhält und keinen griechischen Salat isst, bloß im Übermaß trinkt, an einem eher kühlen Mittag, kann nur ein Trunksüchtiger sein.

Ich schüttete den Inhalt seiner Salatschüssel weg, nur die Oliven hatte er herausgefischt.

Nach seinem Aufwachen war ich ziemlich wortkarg. Am Rückweg zur Bahnhaltestelle ging er wie selbstverständlich bei dem kleinen Heurigen hinein. Wollte mich noch auf ein Glas Wein einladen. Ich bestellte Mineralwasser. Er trank zwei Viertel Wein, wirkte bereits ziemlich betrunken. Wunderte sich über meine Abstinenz. Schilderte ausführlich unzählige Sauftouren mit Freunden, pries die Billigkeit griechischen Landweines.

Ich verabschiedete mich in der Bestätigung, dass die Vermutung an jenem ersten Abend mich nicht getäuscht hatte. War nicht enttäuscht. Bloß ein Gefühl der Richtigkeit meiner Menschenkenntnis stieg auf.

Sartres „Geschlossene Gesellschaft". Ich hatte für dieses Theaterstück zwei Karten besorgt. Nach dem Erhalt seiner ersten Postkarte. Selbstverständlich könnte ich irgendeine Bekannte anrufen, könnte eine Karte auch zurückgeben oder an der Abendkasse verkaufen. Warum tue ich das nicht? Er rief heute an. Fragte, ob wir miteinander einen Ausflug machen wollten. Ich sagte zu. Das Theater hat sich in einem aufgelassenen Fabriksgebäude etabliert. Am Rande eines Ausflugsortes. Dort werden wir uns treffen. Ich werde hinfahren. Als kritische Beobachterin. Nicht nur des Theaterstückes. Eher meines Begleiters.

Bei der Endstation der Straßenbahnlinie waren wir verabredet. Ich schlug vor, zwischen den dort beginnenden Feldern zu wandern. Hier war ich oft im Winter mit Alfred gewesen. Nach dem jährlichen Friedhofsbesuch am Grab meiner Eltern. Man kann entlang eines Kanals, dessen Ufer als Promenade ausgebaut wurde, stundenlang gehen.

Doch er versuchte, mich von diesem Vorschlag abzubringen. Freundlich, höflich, doch dezidiert. Wollte unbedingt durch den angrenzenden Heurigenort auf einen der weinbepflanzten Hügel, wo er einen Wirt kenne. Es gäbe von dort die schönste Aussicht auf die Stadt.

Ich ging darauf ein. Für mich eine Bestätigung mehr, dass er den Alkohol suchte. Seine Begründung, zwischen den Feldern zu gehen wäre langweilig, schien mir an dem sonnigblauen, vogeldurchzwitscherten Nachmittag eine fadenscheinige Ausrede. Ich war weder traurig noch böse. Eine gleichgültige Gelassenheit hatte sich in mir ausgebreitet. Heute würde es das letzte Mal sein, dass ich diesen Menschen sah. Gab ich seinem Vorschlag nach, würde meine Annahme nochmals bestätigt werden, mit einem Alkoholabhängigen hier zu gehen.

Das Wandern zwischen den Weingärten erwies sich als angenehm. Er erzählte in beinahe glückseligem Überschwang von billigem italienischen Wein, von früheren Inselaufenthalten und der dabei wochen- und monatelang permanent mehr oder weniger im Rausch zugebrachten Zeit.

Mein Bild über ihn gewann immer mehr Akzente.

Nach einigem Wegsuchen seinerseits gelangten wir zu dem gewünschten Wirt. Dessen Frage, ob er von Kreta komme oder dorthin unterwegs sei, zeigte mir, dass er lange Jahre hier bekannt und man über seine Lebensweise Bescheid wusste.

Der weinlaubbeschattete Garten bot wirklich einen weiten Blick hinab auf die Stadt.

Er schilderte Details aus seiner Jugend, berichtete mit Eifer von längst vergangener beruflicher Tätigkeit. Und trank. Ich hatte Sandwich mitgenommen. Auch diesmal verweigerte er das Essen. Aus seinen Formulierungen wurde mir klar, dass seine finanzielle Situation prekär sein musste, dass die kretischen Aufenthalte dem Überleben dienten, da er dort Gelegenheitsarbeiten bei Bauern annahm, als Lohn dafür Wohn- und Essensmöglichkeit bekam.

Der Mann ist über fünfzig. Wie lange wird er gesundheitlich dieses Trinken durchstehen? Abermals erwähnte er, als ich meine Nichtlust am Alkoholkonsum erwähnte, dass dies wohl besser sei. Demnach war er sich über sein ruinöses Verhalten wohl im Klaren.

Seine Gesichtshaut schien mir heute noch stärker von Pusteln bedeckt, noch gedunsener, noch geröteter. War er ein Spiegeltrinker?

Wie traurig und ungerecht: Dieser Mensch durfte leben und vertat sinnlos seine Zeit. Alfred musste sterben, konnte nichts mehr von seinen Plänen verwirklichen. Schicksal, du bist ungerecht. Natürlich. Recht schuf der Mensch. Schicksal ist das ewig Gleichgültige gegenüber jedwedem menschlichen Sein.

Am späten Nachmittag durchwanderten wir kreuz und quer die weinbewachsenen Hügel. Währenddessen trank er abermals mitgebrachtes Dosenbier aus seiner Tasche.

Meine Einladung, abends vor der Aufführung bei einem dort im Freien aufgebauten Imbissstand etwas zu essen, schlug er aus. Und das sicher nicht aus Peinlichkeit, dass ich es bezahlen wollte. Stattdessen holte er die grüne Plastikflasche hervor, in welcher ich nun nicht mehr Wein, sondern Schnaps vermutete. Er trank ohne Scheu, ohne Kommentar. Das Entsetzlichste an diesem Tag war die Veranstaltung. Nicht die schauspielerische, nein.

Er stank neben mir. Seine Kleidung verbreitete in dem geschlossenen Raum jenen Sandlergestank, der mir bei Wahrnehmung in U-Bahn-Waggons jedes Mal den Magen umdreht. Ich versuchte, meine Nase so gut es ging wegzudrehen. Das half selbstverständlich nichts. Neben mir saß ja der Brutofen des Ekels.

Nur gut, dass mich unter den Zusehern niemand kannte. Großteils waren Studenten die Zuschauer. Doch wie ich mussten auch links und rechts, davor und dahinter die Umsitzenden diesen entsetzlichen Gestank einatmen.

Ein gebildeter, höflicher, freundlicher Mann. Zum Stinktier verkommen. Während der Vorstellung nickte er einige Male ein. Auf der Heimfahrt in der Straßenbahn erfreute er mich jedoch mit klugen Bemerkungen zur Aufführung. Und nickte abermals ein, ehe ich ausstieg. Ein Verabschieden war somit überflüssig geworden.

Oktober

Alexander, entschuldigen Sie, dass ich mich in Ihr Leben eingemischt habe, und danke für Ihre freundlichen Worte, als wir uns sahen. Ihre Lebensgestaltung lässt sich jedoch nicht mit meiner vereinbaren. Sie sind ein schwer unter Alkoholsucht stehender Mensch und ich kann Ihnen nur raten, sich in Entzugsbehandlung zu begeben. Beiliegend finden Sie eine derartige Adresse. Gehen Sie hin. Man wird Ihnen sicherlich helfen können. Viele gebildete Menschen haben dort wieder zu einem ästhetischen Dasein zurückgefunden.

Sie waren zwar fähig gewesen, aus eigenem Antrieb das Rauchen aufzugeben, die Alkoholsucht können Sie ohne ärztliche Hilfe nicht bewältigen, noch dazu, da Sie das Erbe Ihres Vaters mit sich tragen, der, wie Sie ja erwähnten, am Alkoholismus zu Grunde ging. Falls Sie wie bisher weitermachen, haben Sie keine gute Zukunft zu erwarten.

Der Gestank, den Ihre Kleidung verbreitet, die Fahne aus Ihrem Mund, der desolate Zustand Ihrer Zähne, die Schmutzränder Ihrer Nägel treiben jeden kultivierten Menschen dazu, von Ihnen Abstand zu nehmen – wie ich jetzt.

Vielleicht scheute sich bisher jeder, Ihnen dies zu sagen. Nehmen Sie meinen Rat an, gehen Sie sich entwöhnen. Dann werden Sie auch wieder Kraft finden, Ihre Pläne zu verwirklichen. Es wäre schade um Sie, Sie sind ein freundlicher, geistvoller Mensch.

Ich sende Ihnen einige saubere Wäsche und wünsche Ihnen, dass Sie zu einer für Sie besseren Lebensform finden.

Wilhelmine

Er rief an.

Einige Tage, nachdem ich den Brief abgeschickt hatte. Ich war erstaunt. Er sprach, als ob er meine Zeilen nicht erhalten habe. Oder verschwieg er deren Inhalt absichtlich? Er bedankte sich für den schönen gemeinsamen Tag. Was war in seinem umnebelten Kopf davon hängen geblieben? Er fragte, wann wir uns wieder sehen würden. Ich war konsterniert. Brachte es jedoch nicht fertig, ihm mündlich zu sagen, was ich geschrieben hatte. Erklärte, ich sei mit Arbeit überhäuft. Keine freien Tage in nächster Zeit in Aussicht. Er will in einer Woche wieder anrufen, schätze die Gespräche mit mir.

Er habe vordem schon lange keinen interessanten Diskurs mit einer Frau geführt.

Das wundert mich nicht. Welches weibliche Wesen, das nicht selber im Sandlermilieu lebt, sollte sich mit einem solchen Typ abgeben wollen? Hat er meinen Brief wirklich noch nicht bekommen, dann wird das in den nächsten Tagen sein, wenn er die Werkstatt aufsuchte. Ging er überhaupt dorthin? War er fähig zu arbeiten? Hatte er Aufträge? Wovon bezahlte er Miete für den Arbeitsraum, eine Krankenversicherung? Hatte er eine?

Falls er mein Schreiben ignoriert und in einer Woche nochmals anruft, werde ich abermals Arbeit vorschützen. Mir ist es nicht gegeben, Wahrheit, unangenehme Wahrheit ins Gesicht zu sagen. Doch ich habe sie geschrieben. Er muss sie zur Kenntnis nehmen.

November

Werte Frau Wilhelmine!
Wie Sie sehen, funktioniert sogar die griechische Post. Also kann ich Ihnen für Ihr Kunstgebilde von Brief danken. Doch Sie schrieben mit leichtem Vorbehalt, machten sich Sorgen, ich könne denken, Sie wären hinter mir her. Offenheit, Mut zur direkten Begegnung ist eine sehr feine, seltene, aber auch schwierige Sache, kostet Überwindung und kann von einer halbwegs richtig eingeschätzten Person kaum falsch verstanden werden.

Ich meine, Ihr Blindflug war gerade richtig und hat mich außerordentlich gefreut, beeindruckt und nachdenklich gemacht. Doch haben wir uns bisher zu wenig gesehen. Dies ist schade. Ich hoffe, es wird sich ändern.

Was mich natürlich amüsierte, auch ehrt, war Ihre Alexander-Multilogie. Noch nie hat jemand auf diese Art Zeit für mich verschwendet. Dann aber verschwenden Sie Gedanken an ein Glas Rotwein. Sind Sie wirklich so penibel? Jedenfalls hoffe ich, mit Ihnen ungehemmt noch so manches Weinchen zu schlürfen.

Von mir ist wenig zu berichten. Irgendwann warf ich mich auf mein Mountainbike und radelte bis zur nächsten Hürde, dem Semmering. Mit der Bahn bis zur Höhe. Dann bergab ins Kärntnerische. Die Berge schaffe – oder will ich nicht mehr. Ich werde alt, darf mir Schwächen erlauben. Weiter ging's mit der Bahn nach Tarvis.

Dann die traumhafte Abfahrt durchs Friaul, durch Venetien. In Venedig versäumte ich mit Absicht das Schiff, gewann also vier Tage bis zum nächsten für mich. Mit Radfahren ist dort naturgemäß nichts. Demnach in der Wärme herumgestreift. Sündteures Essen, aber tolle Rotweine.

Als Schiff erwischte ich meine geliebte Rethymon. Eines der ältesten Boote. Nicht zu groß. Etwas vergammelt. Urige

Typen darauf. Somit der erste Hauch von Griechenland. Bouzouki-Musik aus den Lautsprechern und neuerdings eine Disko installiert, die immer leer ist. Stattdessen eine voll bediente Spielautomatenhölle. So zeigt die Zeit ihr neues Gesicht.

Patras – Piräus, eine langweilige Strecke. Also per Bahn gefahren; entzückend Schmalspur, hält bei jedem Haus und ist spottbillig. Das nächste Schiff – Erotokritos – auch ein schicksalsschwerer Name. Eine der berühmtesten Liebesgeschichten.

Dann Heraklion und sein ganz besonderer Inselduft. Keine Großstadt – und doch nicht wenig Hektik, aber alles im Kleinen.

Tausend Genüsse am Markt, in kleinen Läden. Von Baklava bis Kokoretsi.

Betrete ich diesen kretischen Boden, verwandelt sich die Welt. Plötzlich ist Zeit vorhanden, sie steht förmlich still. Ich musste zu keinem Bus, schleppte ja mein Rad mit mir, hatte demnach Muße die vertrauten Gassen heimzusuchen. Wenig hat sich verändert, das freut.

Der Bus zog dann durch die Berge, sehr beeindruckend, am Ida vorbei, wo Zeus und sonstige Götter sich herumgetrieben haben sollen. Diesmal trat ich die Pedale und hatte kaum ein Auge für die Umgebung. Erst am höchsten Punkt öffnet sich dem getrübten Blick (ein Bier zur Stärkung gehabt) das Libysche Meer und die Messara, die tiefe Ebene, wo ich zuhause bin. Hier hielt ich an, schaute hinab und staunte, wieder einmal hier zu sein.

Der Rest war Routine. Anstrengung nur für die Bremsen. Der Duft des Südens. Hier ist die Klimagrenze. Subtropisch. Etwas von Afrika. Ich tauchte ein in die Welt der Langsamkeit, des behäbigen Fortschritts, der verwirrenden Musik, der enthemmten Motorradfahrer, der wilden Landschaftszerstörer; ein Land der Widersprüche, der Anarchie.

Die alten Freunde sind wohlauf, streiten, zechen, fressen wie eh und je. Die Alten werden stetig älter, jammern und lachen wie immer. Häuser werden grauenhaft restauriert. Demnach ist alles in Ordnung und ich könnte genauso gut sofort wieder zurückfahren.

Glücklicherweise gibt es dafür Hindernisse. Letztes Jahr wurde mir hier ein Rad gestohlen. Das ist gefunden worden und lagert jetzt bei der Polizei in Timbaki – weit entfernt. Ich muss es abholen und mich dann mit zwei Rädern herumschlagen. Verleihen, verkaufen, verschenken? Eine schwierige Frage. Motto: Es gibt nichts zu tun, also packen wir es an. Langweile ich Sie schon?

Überhaupt besteht die Hauptbeschäftigung hier darin, Scheinprobleme und Scheinbeschäftigung zu schaffen. Das ist nicht immer leicht, denn es gibt tatsächlich eine Wirklichkeit, aber mit dieser haben wir Ausländer nichts oder fast nichts zu tun.

Wenn nicht gerade eine unvermeidliche Liebestragödie im Dorf ausbricht, bis hin zu sehr zaghaft versuchtem Selbstmord, der die Dorfbewohner dann viele Tage in Atem hält, ist nichts zu tun, außer gemeinsame Abendessen zu organisieren, Heimwehkranke zu trösten, Scheidende und Neuankommende zu feiern. Also fast ein Paradies ...

Fürs erste tausend liebe Grüße, Ihr Alex.
Wir sehen uns. Schreiben Sie!

Überraschungen beinhalten Unerwartetes. Jedoch so unerwartet war wohl lange nichts für mich gewesen wie dieser Brief.

Er hatte nicht mehr angerufen, ich daher angenommen, dass er mein Schreiben erhalten und meine Begründung des Abbruchs einer noch kaum vorhandenen Beziehung zur Kenntnis genommen. Nun war er statt im Sommer im Winter nach Kreta gefahren und hatte dort meinen vor einem halben Jahr abgeschickten Brief vorgefunden. Und ihn beantwortet, als hätte es unsere Treffen nicht gegeben, die Erklärung meiner Abneigung und Abweisung seines trinkerischen Lebens wäre nie gewesen.

Soll ich eine Antwort geben? Seiner Aufforderung, ihm zu schreiben, nachkommen? Seine Ausdrucksform ist knapp, von leichter Ironie durchzogen, sympathisch. Statt eines mündlichen Dialogs ein schriftlicher? Ein Brief bringt keinen Sandlermief, keine Alkoholfahne, zeigt nur den klaren Geist. Der ist mir doch der liebere.

Was vergebe ich mir, wenn ich schreibe? Nichts. Doch wenn er wieder zurückkommt? Dann treffe ich ihn – vielleicht – und hat sich in seinem Aussehen nichts verändert, gebe ich die Sache zum zweiten Mal auf. Ohne Enttäuschung, denn ich rechne nicht damit, dass ein jahrzehntelanger Trinker seine Sucht von alleine lassen kann oder will.

Korrespondenz mit einem Säufer. Jedes Monat einen Brief. Wie lange kann er wegbleiben? Zwei, drei, vier. Über den Winter vermutlich.

Ich lächle ein wenig über seine Anrede: „Werte Frau Wilhelmine!" „Liebe Frau …" erschien ihm vermutlich zu intim und nahe tretend, „Sehr geehrte …" zu geschäftsmäßig und so wie ich bloß „Für …" zu schreiben, wollte er vielleicht nicht kopieren. „Werte …" finde ich altmodisch und höflich, keine schlechte Lösung.

Dezember

Für Alexander

Danke für Ihren Brief. Sie langweilten nicht, im Gegenteil, die Schilderungen waren eher zu kurz, zu wenig detailreich. Um auf einige Punkte Ihres Schreibens kurz einzugehen: Haben Sie das gestohlene Rad inzwischen wieder erhalten? Wohnen Sie im Zelt? Womit beschäftigen Sie sich? Schreiben Sie an dem Drehbuch?
Hier gab's den ersten Schnee. Ich unternahm einmal eine lange Wanderung am Fluss. Gut eingepackt in Wolle und Pelz bietet ein sonniger Kältetag eine wunderbare Erholung nach einer 60-Stunden-Woche.
Ich lege Ihnen einige Kulturmagazine und Zeitungen bei, vermutlich erhalten Sie diese nicht in Ihrem Dorf.
Wenn Sie antworten, schreiben Sie doch nicht: „Werte Frau W.", das erinnert mich an die Anrede für eine putzende Haushaltshilfe.

Wilhelmine

Jänner

Also Wilhelmine, wie rede ich Sie nun an? Ein Brief soll doch nicht an der Anrede scheitern.
3 Uhr früh und schlaflos. Vollmond knapp vorbei.
Der Briefträger kommt morgen, Freitag, vorbei, somit die letzte Gelegenheit dieser Woche noch rasch einige Zeilen vorzubereiten.
Hier gibt es Sonne, Regen, Gewitter, Schnee am Psiloritis und zuckersüße Trauben in der Laube vor dem kleinen

Haus, in dem ich wohl behütet lebe. Mit allem, was man braucht: Küche, Bad etc. Rundum sind etwa ein Dutzend Freunde, Freundinnen aus sieben Nationen; grünes Olivenland, unendliches Blumenmeer, alle Farben der Welt, ein Paradies. Weil das Glück es will, kamen diesen Winter nur ausgesucht liebe Leute her; endlose Gespräche bei Kaminfeuer. Also kein Zelt am Strand; hatte ich einmal, das ist aber für einsame Wanderungen, stille Gedanken.

Ich bin hier tatsächlich unter Zeitdruck: Olivenernte, Hausreparatur, Feste vorbereiten. Falls Sie Sorbas gelesen oder den Film gesehen haben, nicht besser wäre zu schildern, in welcher Umgebung, unter welchen Menschen ich mich hier befinde ...

Ich liebe den kontinentalen Winter. Das Umherlatschen im Schnee, den zugefrorenen Teich im Stadtpark, und ich verfüge über eine gut wärmende Felljacke. Hier wünsche ich mir manchmal einen Schneeball auf die Stirn, wenn ich im Hemd in der Sonne schwitze ...

Hähne und Esel schreien durch die Nacht in den Morgen; ich werde schlafen gehen und grüße Sie. Alexander

P. S.: Ich möchte Ihnen noch sagen, wie sehr ich Sie schätze und dass ich mich auf ein Wiedersehen freue. Wann, kann ich noch nicht sagen. Alles Liebe und Gute.

Übrigens haben Sie mich vom Alexandersyndrom befreit, der Name war mir bis jetzt unerträglich.

An Alexander

Der Novemberschnee blieb der einzige winterliche Anflug bis jetzt. Seither hat es frühlingshafte Temperaturen bis zu 15° C. Den Christtag wanderte ich bei strahlender Sonne ohne Jacke durch Auen und Wald. Silvester verbrachte ich im Theater. Martin Walsers Zimmerschlacht.

Das warme Wetter zwang zur Gartenarbeit. Ich zerkleinerte die im Herbst niedergeschnittene, verdorrte Hecke. Zwar keine Sisyphusarbeit, doch langwierig. Auch Viren und Bazillen lockte die Wärme heraus und die schickten mich zwei Wochen mit einem grippalen Infekt ins Bett. Ich hoffe sehr, dass es für diesen Winter dabei bleibt. Jetzt fühle ich mich jedoch bereits besser und kann mein tägliches Arbeitspensum bewältigen. Eroso.

Wilhelmine

FEBRUAR

Wilhelmine, danke für Ihre, wenn auch kurze Nachricht sowie den überreichen Lesestoff. Dieser ist, wie Sie vermuteten, hier nicht erhältlich, Ihre Mühe ist rührend. Vielleicht sollte ich die postalische Abwicklung erklären: Steinzeit! Der Briefträger bringt die Dorfpost zu Lakis Kafenion und nimmt die ausgehende mit. 11.00 Uhr ist hier der Treffpunkt aller, der Draht zur Außenwelt. Rechnungen, Formulare, Briefe, alles wird da erledigt. Das Café ist für einige Stunden Büro.

Kultur vermittelt mir nur mein kleines Weltradio, mit dem ich mir kitschige Hörspiele aus Köln und Berlin hole. Daher meine überaus große Freude über Ihre wirklich großzügige Sendung. Ich lese die Zeitungen bis zur letzten Zeile. Wie ich am Porto sehe, zahlen Sie dafür Unsummen. Doch meine Freude ist groß. Jedenfalls können Sie sicher sein, dass Ihre Freundlichkeit von mir mehr gewürdigt wird, als Sie erahnen können!

Ich lächle jetzt in diese kretische Nacht; momentan ist völlige Stille und die Freude in mir darüber, dass Sie aus dem

Verborgenen heraustraten an jenem Tag, als Sie auf mich zugingen.

Kater Homer besetzte mein Bett, während ich an Sie schreibe. Seltsame Bücher trieb ich hier auf: Brendan Behan: Der Spanner; auch Thomas Bernhards Heldenplatz. Wie kommt das ans Ende der Welt! Glück für mich um nicht völlig geistig zu verkommen.

Ja, ich langweile mich manchmal, trotz der unvergleichlichen Schönheit der Landschaft. Es fehlt doch an geistvollen Menschen. Keine Nahrung für den Geist und wenig zum Lachen. Auch Lachen braucht Klugheit, oder wenigstens Hinterlist, oder bloß einen dummen Witz. Dieser Zustand, nämlich die Trägheit des Geistes, erwischt beinahe jeden, der länger auf dieser Insel bleibt.

Es ist wieder Vollmond – drohend oder freundlich – je nach meiner Stimmung steht er über dem Haus.

Ich denke an Sie in den zerrinnenden Tagen auf den Weinbergen meiner geliebten Insel. Für meinen Wirt habe ich in Frühlingsstürmen einen Hügel umgegraben, damit hier wieder dieser herrliche Wein reift, den ich dann verkoste am Weg zum Meer; verdurstend mich frage, ob ich gut gearbeitet habe. Das ist Leben, Tun und Fragen, ob es gut war.

Also, was tue ich wirklich? Es ist nichts zu tun, als die Welt anzuschau'n, einfach zu sein. Alle Emsigkeit vergessen, den Druck des Tunwollens endlich vergessen, Mensch der Stille werden. Das ist der Sinn des Lebens hier! Und dennoch tut man das Nötige.

Ein Freund, der viele Jahre hier verbrachte, will zurück ins zivilisierte Leben, muss zurück. Löste den Haushalt auf, muss den Hausrat verkaufen. Er weint ständig. Es ist schwer, einen Lebensabschnitt zu beenden, zu verlassen, in dem so viel Poesie war. Ich helfe, schleppe Regale, Kühlschrank, Tisch, Stühle. Jedes Stück ein Anlass zur Nachdenklichkeit, das Ende von Hoffnung.

Ich werde wieder bei Lakis sitzen. Da ist, trotz lautstarker Lebensäußerungen, stille Ewigkeit. Ein paar Stühle im Freien, kühler Wein, der Schatten der Sonne, ein leichter Wind, wie ihn Odysseus brauchte.

Im Radio bekam ich einige Veranstaltungen zu Bert Brechts 100-Jahr-Feier herein. Ich schätze ihn, weil er die Ambivalenz als linker und freier Mensch gelebt hat und der letzte Poet war.

Lotte Lenya untermalt gerade meine Stimmung. Sie verstehen sicher, wie nötig ich in dieser schönen Wildnis Kultur brauche, und darum danke ich für jedes gedruckte Blatt, das Sie mir schicken.

Letzthin habe ich, um mein Leben hier zu rechtfertigen, einen Weinberg bepflanzt, also Bäume in jenen Boden gesetzt, den ich am meisten auf dieser Welt liebe, weil ich sonst nichts habe. Ich habe keine Wurzeln außer diesen. Doch: Im Hausgarten winzige Zwiebeln, die roh auf der Zunge zergehen.

Liebe Wilhelmine, ich wünschte, Sie wären hier. Sie würden das Land lieben und die Menschen würden Sie mögen. Sie würden träumen, auf jedem dieser blumenüberfluteten Hügel.

Es bleibt nichts mehr zu sagen, als dass Sie mir als Frau und als Freundin ans Herz gewachsen sind. Sie haben Mut, Entschlossenheit und Wärme.

Über so viele Wochen hier den Großteil der Zeit mit körperlicher Arbeit zuzubringen, da ist es schwer, nicht die Kultur zu verlieren. Doch Sie und Ihre Post retten mich ein wenig.

Ich würde gerne zurückkommen, kann jedoch nicht. Ich bin hier im geistigen Chaos, in der Wüste. Viele flippen aus, weil die alles überwältigende Natur hier und unsere vertraute Kultur nicht hier ist, viele können in dieser Stille kaum geistig existieren.

Gestern pflanzte ich 20 Weinstöcke. Mit etwas Glück werden die winzigen Zweige in vier Jahren äußerst süße Trauben tragen – und das am schönsten Platz der Welt. Ich dachte beim Pflanzen an Sie und Ihren Garten.
Ihre Schreiben sind kurz. Ich versuche, die Stadt, die Gassen vor mir zu sehen.
Ich weiß, ich verhalte mich so, als ob wir schon lange befreundet wären.
Tausend liebe Grüße aus Kreta
Ihr Alexander

Geistige, wahrscheinlich auch seelische Einsamkeit hat ihn gepackt. Der letzte Brief ist sehnsüchtig. Nicht nach mir. Kann gar nicht nach mir sein. Wir kennen einander kaum. Einfach Sehnsucht nach einem verstehenden, intelligenten Menschen. Trotzdem ist es schön, freundliche Worte zu lesen. Ich weiß doch selbst, dass manchmal ein Strohhalm genügt, um nicht unterzugehen. Und momentan ist es leicht für mich, einen Strohhalm zu senden und einen Strohhalm zu bekommen. Nein, das ist falsch. Für mich sind seine Briefe kein Strohhalm. Ich stecke bis über den Kopf in Arbeit und bin mir klar geworden, dass es unmöglich wäre, einen anderen Menschen in mein Leben hineinzudenken. Ich lernte, musste lernen, für mich allein zu planen und geistige Solitude zwingt mich zu größerem Arbeitspensum. Heute würde ich ihn nicht mehr ansprechen.

FEBRUAR

Diesmal lasse ich die Anrede. Betrachten Sie meine Ausführungen als die Fortsetzung meiner letzten:
Homer ist untreu geworden. Letzte Nacht traf er nicht in meiner Behausung ein, brach nicht ein, wollte ich sagen. Ich beleidigte ihn tatsächlich, warf ihn buchstäblich hinaus – zwei Meter weit und heftig; sitzt er doch hartnäckig auf jedem Papier, das ich gerade lese oder beschreibe.
Doch heute Morgen war er wieder da, vorsichtig und beständig. Sehen Sie, das sind meine sozialen Verknüpfungen. Der Geist hebt sich nach altkretischer Art über die Hügel und landet in den Niederungen des Lebendigen.
Hier gibt es ausschließlich wilde Katzen. Sie tun, was sie wollen, fressen, was sie erwischen, haben kein gepflegtes Kisterl und sind sehr schön.
Über meinem Hügel, den sonst keiner betritt, schwebt lautlos ein Falke. Manchmal ist in letzter Zeit ein zweiter dabei, da ist wohl Hochzeit. Sitze ich auf meinem Sonnenuntergangshügel, dann sehe ich eine sonst unsichtbare Insel für Minuten aus dem Meer hervortauchen: Gardos – ich war schon dort. Es gibt da absolut nichts außer Stille – doch die ist oft sehr viel, auch wichtig.
Was tue ich hier? Zugegeben, nichts als Unsinn – das Leben ist jedoch zu kurz, um es mit Sinnvollem zu vergeuden. Soll ich ein Haus bauen, das sowieso irgendwann zusammenfällt? Womöglich die erschrockenen Bewohner begräbt? Ich traf hier ungewöhnliche Menschen und erfuhr ungewöhnliche Lebensgeschichten. Ein riesiger Materialfundus für später, den ich jetzt mit einem vagen Konzept im Hinterkopf sammle.
In summa gesehen geht es den meisten um ein Problem: der Enge der Heimat – sprich dem gesamten bisher Erlebten – zu entfliehen, also sich selber hinter sich zu lassen – was

selbstverständlich nie gelingt. Die unwirklich irre Welt hier verführt die Menschen zum Glauben, es gäbe eine Alternative – und sie meinen, aussteigen zu können. Aus sich herausgehen – verbal – das ist möglich, aus sich aussteigen unmöglich, man bleibt in jedweder Umgebung der, der man ist. Das Ergebnis des unbefriedigenden Versuches ist eine verhängnisvolle Mischung aus Stress und Glück. Das Wissen um diesen Widerspruch – täglich erlebt in Euphorie und Angst – bringt schillernde Wesen hervor, oder es bringt sie einfach um –, denn Kraft verbraucht die Insel im Übermaß. Ich betrachte dies als die Schönheit des Menschseins.

Das Bild Ihres Gartens habe ich nicht vergessen. Sie sprachen von nötiger Hilfe und der Gedanke daran freut mich, ehrlich. Es wäre möglich. Ich würde schon gerne zurück sein, doch dumme Umstände – meine Tasche mit dem restlichen Bargeld wurde mir gestohlen – haben dazu geführt, dass ich nun das Geld zur Rückfahrt nicht habe. – Doch ich werde es irgendwie irgendwann zusammenbekommen. Daher bin ich rückreisemäßig nicht Herr meines Wunsches.

Das im Vorjahr gestohlene Rad fand zwar die Polizei, es wurde jedoch – angeblich – von dieser wieder gestohlen. Es ist verschwunden und die Recherche war teuer für mich.

Sie fragten in Ihrem letzten Brief, wann ich zuletzt der wichtigste Mensch für jemanden gewesen sei. Seit Jahren für niemanden, außer vielleicht für meinen Werkstattkumpel, der ist – trotz aller Jovialität – ziemlich einsam, weil er eben etwas ungewöhnlich ist, obwohl er ganz gewöhnlich wirkt.

Welches Brecht-Stück haben Sie gesehen? Mit letztem Poeten meinte ich den letzten politisch engagierten.

Vielleicht habe ich noch gar nicht klargelegt, … was nun? Ich wurde unterbrochen. Es ist 6.00 Uhr. Ich trinke Kaffee von gestern, kalt und ohne Milch, zerstückelte im Bett eine Orange, alles klebt. Für diesen Tag versprach ich eine Arbeit, soll um 8.00 Uhr dort sein.

Rede ich von Tag, dann meine ich ein ungewisses Gebilde. Eine Vorstellung davon ist am Morgen vorhanden und abends wird etwas völlig anderes daraus geworden sein; ich staune, wohin die Zeit mich trieb.

Aber zu anderem: Ich erwachte mit Schadenfreude und das ist eigentlich ekelhaft. Gestern Nacht erniedrigte ich meinen besten Freund zutiefst – und zwar mit System. Ich verlor beim Schach ganz dumm meine Dame, darauf erwachte meine Bosheit. Ich stellte eine schlimme Falle und eben als er mich erledigen wollte, war er matt. Darauf fassungslos und traurig – als ehemaliger Spitzenspieler in Vaduz. Er warf mir Hinterlist vor. Doch um hinterlistig zu sein, dürfte ich nicht spontan handeln, und das tue ich meistens. Ein Fehler! Viel zu früh sage ich, was ich denke, und das bringt nur Ärger ein, da ich selten denke, was die Leute wollen.

So darf ich meine politische Meinung faktisch gar nicht offen legen, sonst werde ich niedergeprügelt. Ihnen sage ich's, weil es sowieso rauskommt: Ich bin ziemlich links, jedoch nicht militant. Das Alter verlangte einige Toleranz ab, also falle ich überhaupt nicht auf. Aber es gefällt mir zu wissen, dass ich auf der richtigen Seite stehe. Selbstgefälligkeit. Schon sehe ich, wie Sie sich aufbäumen – wir werden viel Zeit zum Streiten haben.

Liebe Wilhelmine, litten Sie unter Ihrem Namen als Kind ebenso wie ich unter meinem? Wilhelm der Eroberer wäre ja eher ein Männervorbild. Helma und Wilma als Abkürzung erscheinen mir bieder-dümmlich und Minna assoziiere ich mit der im Volksmund gebräuchlichen Bezeichnung eines Polizeiautos, nämlich der grünen Minna. Da fällt mir ein, Lessing schuf mit seiner Minna von Barnhelm einen beachtenswerten Frauentyp: Sie holte sich Tellheim wider dessen Argumente. Nun, Sie retten ja auch mich durch die Übersendung der kulturellen Wortergüsse der Gazetten.

In mir sind die vagen Bilder vom Lorenzplatz und der Bahnhofshalle. Jeweils Begegnungen sehr subtiler Art. Ich taumelte durch die Welt, träumend, und Sie gingen auf mich zu. Mit einigem Mut. Ich hätte das nie gewagt. Das war schön – und Sie werden die Früchte dieser Entschlossenheit ernten. Wir werden uns gut verstehen, eine vielleicht merkwürdige Verzauberung wird uns verbinden.

Doch Sie werden mir versprechen müssen, wieder mehr und mehr Freude an diesem Leben zu finden. Sie sind zu jung und zu liebenswert, um nur die Gedanken täglich um das unausweichliche Ende kreisen zu lassen.

Sie meinen also, ich tue nichts. Jedes bewusste Leben ist Tun. Aufsaugen, Speichern alles Erlebten, Lebensbewusstsein und letztlich tiefe Liebe zu allem, was einem in die Quere kommt; das ist Leben und nebenbei auch Material für ein paar beschriebene Seiten. Wirklich wichtig aber ist nur die Berührung der Welt. Das Tasten, das Streifen des Sandes, des Grases, der Büsche, das Tauchen im Meer, das Spüren von Kraft oder auch Ohnmacht. Leben ist das Schönste, das wir haben.

Was Sie mir noch nicht verrieten, jedoch immer anklingt; worin besteht Ihre Arbeit, die Sie so sehr in Anspruch nimmt, die offenbar viel Kraft kostet? Lassen Sie mich Anteil nehmen, es interessiert mich, erzählen Sie. Wir werden uns bald wieder sehen, ich freue mich darauf. Bis dann, Ihr A.

P. S.: Und tausend Dank für die dicke Kulturbeilage. Mit viel Liebe, A.

Ich las seine sämtlichen bisher erhaltenen Briefe nochmals hintereinander. Sie bilden für mich ein eigenständiges Konglomerat, ohne Assoziation mit dem realen Menschen, der sie schrieb. Sehe nicht den stinkenden Sandler vor mir. Die Zeilen evozieren kein optisches Menschenbild, sind eine selbstständige Sache. Jedes Werk löst sich von dessen Erzeuger, das gilt auch für Briefe.

Ein sinnender, gut beobachtender, leicht lebender – nicht leichtlebiger, sicher war er das in seiner Jugend gewesen – Mensch. Es sind angenehm zu lesende Briefe. Für mich auch eigenartig, jemandem, der dort ist, wo Alfred viele Sommer seiner Jugend verbrachte, zu schreiben. Einmal, nachdem das Gartenhaus instand gesetzt worden wäre, wollten wir zusammen dorthin fahren.

Die Zeilen sind die reale Vorwarnung eines bald Zurückkehrenden. Dessen Äußeres, dessen Lebensform mir missfällt. Ich sagte mir doch vor Monaten, es sei belanglos, ein paar Briefe zu tauschen. Damals war die Aussicht beruhigend, dass der Schreiber lange weg bleiben würde. Ein dummes Kopf-in-den-Sand-Stecken.

Jetzt schreibt er, er möchte zurück, kann aber wegen Geldmangels nicht. Das heißt, es gibt kein Konto hier, auf das er zurückgreifen kann. Er lebt dort von der Hand in den Mund. Unter welchen Umständen ihm wohl das Geld gestohlen wurde? Er schrieb nichts darüber. Einen Einbruch im Haus hätte er sicher erwähnt. Schleppt er auch dort seine Tasche mit sich herum? Lag er irgendwo betrunken und hat man ihn dabei beraubt?

Den Kater warf er hinaus. Ich sehe die Szene vor mir, muss darüber lachen. Zwei Falken beobachtet er. Ganz kurz beschrieben. Die Stille, die Wärme des sonnigen Hügels, die Weite des Meeres, alles sehe ich vor mir.

Über dem Kartoffelacker in der Nähe des Gartens kreiste vor Jahren ein Rüttelfalke. Alfred, der Weitsichtige, beschrieb mir das Gefieder, erkannte ihn noch als Punkt am Himmel, den ich nicht mehr ausnehmen konnte. Falken, Orakelvögel in alter Zeit.

Der Mann lebt, auch wenn er nun sicher körperlich schwer arbeitet, doch in den Tag hinein, lässt sich treiben, hat sich jahrelang treiben lassen. Disziplinlos? Willensschwach? Darf ich es so bezeichnen? Und wenn – es ist eben die Art, wie er sein Leben verbringen will oder muss. Durch Umstände gezwungen; vielleicht auch zu träge, zu müde, um sie zu ändern.

Trunksucht bewirkt im Anfangsstadium Willensschwäche, Verlust des Pflichtbewusstseins und endet in Verblödung. In ersterem Stadium konnte er wohl sein, die Verblödung war gewiss noch weit. Einen Spitzenschachspieler zu besiegen ist sicher keinem Säufer im Endstadium möglich. Jedoch: Oskar Werner, der viel bewunderte, an Trunksucht zu Grunde gegangene Schauspieler, konnte noch im Vollrausch Hamlet fehlerfrei in englischer Sprache deklamieren.

Sein Plan ein Drehbuch zu schreiben. Keine Zeile schickte er mir bisher davon. Willensschwäche. Ein Wunsch. Ein Traum. Eine Vorstellung. Wobei er sich vorgaukelt, später, irgendwann, würde er. Die exakte Beurteilung der Geistes- und Seelenzustände der auf die Insel gekommenen, verkommenen Typen zeigt jedoch zumindest von zeitweise sehr klarem Verstand. Oder war es bloß seine eigene Zustandsbeschreibung?

Den Geldmangel für die Rückreise erwähnt er in knapper, feststellender Weise. Nichts deutet darauf hin, dass er vielleicht den Gedanken hegt, ich solle … Er bedankte sich damals für die Begleichung der Theaterkarte, nahm mit Selbstverständlichkeit die Einladung an. Doch er sah auch, dass ich kein Auto besitze, dass die Gartenhütte baufällig ist, ich demnach nicht zu den allzu Begüterten zähle. Doch selbstverständlich sind mein sicheres Einkommen und auch mein geordneter Lebensstil eine viel bessere wirtschaftliche Basis als sein sich dem Zufall überlassendes Dasein. Nein, ich werde ihm nicht anbieten, die Rückreisekosten vorzuschießen.

Er vergaß, dass er mir bereits seinen politischen Standpunkt klarlegte; wahrscheinlich, da ich ihn ohne Kommentar zur Kenntnis nahm. Dass er eine tolerante Gesinnung gewann, war sicher eine positive Entwicklung seiner selbst. Der Satz „schon sehe ich, wie Sie sich aufbäumen, wir werden viel Zeit zum Streiten haben ..." verursachte mir beim Lesen ein Magenumdrehen. Ich bin bei der Verwendung ausdrucksstarker Worte sehr zurückhaltend, und „aufbäumen" zählt zur expressiven Wortgruppe. Dieses Wort evoziert bei mir die Vorstellung eines Pferdes, das vor prasselndem Feuer oder dem Sprung über einen Abgrund, gegen Anbringung von Halfter oder Zügel scheut; auch das Bild sich in sexueller Ekstase biegender Körper. Aber das ist eben mein subjektives Wortgefühl, er empfand es anscheinend nicht bildlich, verwendete es bloß zur stärkeren Untermalung einer erwogenen Entgegnung.

Der zweite Satzteil bereitet mir Unbehagen, viel größeres als der erste Teil. Wieso nimmt er an, ich verfüge über ausreichend Zeit und würde diese noch dazu zum Streiten verwenden wollen? Ich schätze Diskussionen. Er war im mündlichen Dialog, bis jetzt auch im schriftlichen, ein unaggressiver Partner. Ich verabscheue und fürchte Streit seit meiner frühen Kindheit. Streit der Eltern. Streit in der Schule. Streit in den Firmen. Streit mit meinem ersten Mann und endlich das wunderbare Glück, mit Alfred nie in diesen Zustand geraten zu sein. Friede, auch im heftigsten Diskurs um ein Thema. Möglich geworden, weil Liebe und Achtung das Seil gewesen, das unser gemeinsames Leben trug.

Der etwas später stehende Satz: „Wir werden uns gut verstehen ...", passte jedoch nicht zu seiner Streitprognose. Außerdem, woher nahm er die Sicherheit des gut Verstehens? Sie war wohl eher eine Wunschvorstellung.

Ich verstehe seine Lebensform nicht, bin wohl gewillt, diese zu akzeptieren – doch nicht miteinander, sondern nur, indem ich sowohl den Brief- als auch den weiteren realen Kontakt aufgebe.

Es scheint mir nicht, als hätte er die Zeilen in alkoholisiertem Zustand geschrieben, doch die Formulierung „… eine merkwürdige Verzauberung wird uns verbinden …" schreckt mich. Dies heißt doch wohl, er fühle Zauber von mir ausgehen. Nein, ich will kein Liebesverhältnis, und nur unter einem solchen wäre wohl Zauber möglich.

Die Liebe zwischen Alfred und mir war in vielen Jahren zur Wirklichkeit eines früh erhofften Traumes herangereift. Die Erinnerung daran, meine Liebe zu ihm, hält mich aufrecht weiterzuarbeiten, was er nicht fertig stellen konnte. Mein Hirn sehnt sich nach intellektuellem Dialog, doch ohne Zauber. Und wenn ich mich an den Gestank erinnere, den der Mann im Theater verströmte, kommt mir das Würgen.

Sein „Aufsaugen" von Lebenseindrücken weist entweder auf ein Relikt von Infantilität, auf Vehemenz des Tuns oder auf die im Unterbewussten stets vorhandene Trinklust hin. Ich erachte „Aufnehmen" als die reifere Bezeichnung.

„Tiefste Liebe zu allem, was einem in die Quere kommt." Gleichfalls eine Aussage, die mich eher abstößt denn anzieht. Liebe ist ein nur ausgesucht zu verteilendes Einzelgeschenk. Er ist doch als Linker kein religiös Angehauchter, nur bei der Lebenseinstellung eines Priesters schiene mir eine solche Aussage möglich.

Er schätzt die Schönheit der Natur, aus mehrfachen Schilderungen geht das hervor. Auch ich fühle mich in freier Natur geborgen, unter Menschen verloren. Hingegen das Leben an sich als das Schönste an Menschenbesitz zu bezeichnen, ist mir unbegreiflich. Leben an sich ist eine furchtbare Last, eine aufgezwungene Aufgabe, deren halbwegs gute Lösung zumindest mir meist nicht bewältigbar erschien. Leben generell schön zu finden, dem hätte ich nicht einmal in jenen Jahren zugestimmt, in denen mich Alfreds Liebe stützte. Schön war unsere Liebe zueinander gewesen, das reale Leben selbst hatte uns zumeist auch nur die räudige Seite gezeigt.

Fand er sein Streunerleben schön? Wahrscheinlich. Da er diesen Satz zu einer Zeit schrieb, da er geldlos, fern von ersehnter Kultur, unter fremder Sprache, von der Hand in den Mund lebend war. Lebenskünstler. Diese Definition hätte ich bislang auf niemanden der mir Bekannten anwenden wollen, auf meinen Briefpartner passt sie genau.

Vermutlich wird meine Antwort das letzte Schreiben an ihn sein. Der Schlusssatz: „... wir werden uns bald wieder sehen", lässt darauf schließen, dass er irgendwie die Rückreisekosten demnächst beisammenhaben wird.

Nein, ich freue mich keinesfalls darauf, ihn zu sehen. Es war angenehm, Briefe zu erhalten; eine kurze Unterbrechung in meiner Arbeit, ein kurzes Ablenken der Einbahngrübelei. Es wäre mir lieber, statt des Sandlers weiterhin dessen Briefe zu sehen.

APRIL

Der Zufall legte mir heute, am Ostersonntag, ein Überraschungsei. Ich sah ihn am Bahnhof. Nicht vereinbart getroffen, sondern zufällig erblickt, als ich die Schalterhalle verlassen wollte.

Er stand bei einem der Fotoautomaten und betrachtete sich in dem außen angebrachten Spiegel. Er trug seine Schnürschuhe, die noch ramponierter aussahen; statt Jeans eine Art Clownhose, eine dicke Jacke und eine übervoll gepackte Umhängetasche. Er hat offensichtlich stets seinen gesamten, wichtigsten Besitz bei sich, wie er mir auf mein verwundertes Fragen, dass er jedes Mal mit einer schweren, großen Tasche dahergekommen war, erklärte.

Bart und Haare waren überlang, verwildert, vielleicht noch weißer als mir erinnerlich. Das Gesicht gedunsen, mit tiefen Augenringen. Hergenommen sah er aus, ziemlich mitgenommen, um nicht zu sagen, verkommen. Er fuhr sich im kritischen Betrachten seines Spiegelbildes einige Male über die pustelbedeckten Wangen.

Diese großen Pusteln bei einem Mann Mitte fünfzig hatten für mich bereits anfänglich Fragen aufgeworfen. Das war nicht Akne. Waren sie durch Schmutz hervorgerufen? Eine Reaktion der Haut auf übermäßigen Alkoholkonsum? Eine Hautkrankheit?

Er sah mich nicht, achtete nicht im Geringsten darauf, was um ihn herum vorging. Ich stand lange und betrachtete ihn. Er stand lange und betrachtete sich. War er klaren Sinnes, dann musste er sich vor seinem Spiegelbild entsetzen; er sah aus wie Mitte sechzig.

Sollte ich auf ihn zugehen? Er war der Mann, der mir beinahe über ein halbes Jahr geschrieben hatte; freundliche Briefe, die ich auch gerne gelesen. Nur, seine Worte jetzt mit diesem verkommenen Typ in Verbindung zu bringen, schien mir unmöglich.

Auf meinen letzten Brief vom März kam keine Antwort. Ich nahm an, er befände sich auf der Rückreise, wäre vielleicht aus Geldmangel irgendwo hängen geblieben. Und um mir die Wahrheit einzugestehen, ich hoffte auch, die Sache habe sich im Sand verlaufen, soll heißen: Es gäbe keine Nachricht mehr. Vielleicht hatte auch er für sich überlegt, dass Schriftliches möglich gewesen, Reales jedoch nicht.

Und nun stand er dort. Wieso fiel mir aus einem Bänkellied nur das letzte Wort eines Refrains ein: das Individuum.

Dann schämte ich mich vor mir selbst, dass ich mich schämte, zu diesem verkommen aussehenden menschlichen Subjekt hinzugehen. Jeder Passant würde ihn als Sandler diagnostizieren, das stand fest. Und ich, optisch eine Dame, sollte hier in der Bahnhofshalle auf ihn zugehen? Ich ging. Blieb zwei Meter vor ihm stehen, sagte: „Alexander."

Er wandte sich mir zu. Sah mich an. Kein Zeichen von Überraschung oder Freude in seinem Gesicht. Ich lächelte auch nicht. Die Nennung seines Namens war eine bloße Feststellung. Ich gab ihm nicht die Hand. Er reichte mir auch seine nicht. Wie übernächtigt und übermüdet er von der Nähe aussah.

„Sind Sie schon lange zurück?", fragte ich.

„Nein, erst drei Tage. Ich bin mit meinen Gedanken noch nicht richtig angekommen. Mein Freund ist erst in einer Woche wieder hier. Ich kann nicht in die Wohnung. Wollte mich erst bei Ihnen melden, bis ich wieder … Er beendete den Satz nicht.

Es fiel mir nichts ein, was ich zu diesem Menschen da noch sagen sollte; assoziierte diesen Verwilderten nicht mit den erhaltenen, intelligenten, freundlichen Zeilen.

„Sie sehen so bunt, so frühlingshaft aus", sagte er, ein kurzes Lächeln zog dabei über seine Augen, „fahren Sie weg?"

„Ja, Osterbesuch. Ich besorgte mir eben die Fahrkarte und sah sie dabei hier stehen. Mein Zug fährt in einigen Minuten."

Der letzte Satz war gelogen. Die Abfahrt war erst in einer halben Stunde, doch ich konnte mir nicht vorstellen, diese Zeit neben ihm zu stehen. Was sollte ich reden? Ich merkte, dass einige Vorübergehende auf uns blickten.

„Auf Wiedersehen", sagte ich, „auf Wiedersehen", sagte er. Ich wandte mich in Richtung Unterführung. Er rief mir in einem etwas spöttischem Tonfall nach: „Ich gehe jetzt ein Bier trinken!"

Ich dachte, er hat wohl schon etliche intus, die Fahne war mir übel ins Gesicht geweht.

Während ich die Stiegen hinunter zum Bahnsteig eilte, fühlte ich mich ungut, verstört. Ich hätte ihn nicht anreden sollen; bloß zur Kenntnis nehmen, dass er also wieder in der Stadt war, sich sein Aussehen nicht geändert und ich mich auf einen Anruf einstellen sollte.

Er hatte ausgesehen, als hätte er im Freien genächtigt. Wenn er keinen Schlüssel zu des Freundes Wohnung besaß, musste er wohl in einem Obdachlosenasyl unterkommen, oder am Bahnhof oder auf einer Parkbank schlafen. Andererseits schämte ich mich, dass ich ihm nicht einmal die Hand gegeben hatte. Auch er hatte mir seine nicht entgegengestreckt. Aus Befangenheit? Aus Fremdheit? Aus Verlegenheit? Die schmutzigen Handflächen, die Trauerränder unter den Nägeln hatte ich bemerkt, als er sich mit der Hand den Bart strich.

„Wilhelmine, überraschend tauchte jetzt unter Bergen von Papier in der Werkstatt Ihr Paket auf. Sie müssen wissen, die Firma wird nicht unbedingt ordentlich geführt, passt demnach zu mir.

Das war wirklich allzu lieb von Ihnen, hat mich sehr gefreut; auch wenn es nicht nötig war. Ich besitze Unmengen von Kleidungsstücken, jedoch die dumme Gewohnheit lange dasselbe zu tragen, einfach, weil die Sachen dann irgendwie vertraut sind."

Ich schluckte; erstaunt, verärgert, amüsiert. Mein Brief vom Oktober, in welchem ich seine Trunksucht erwähnt, ihn zu einer Änderung seiner Lebensform zu bereden versucht, ihm etliches von Alfreds Wäsche und Pullovern geschickt hatte, war vor seiner Abreise nicht an ihn gelangt. Er wusste demnach gar nicht, dass ich den Dialog abgebrochen hatte, hatte nur einen für ihn angenehmen Tag als letzte Erinnerung behalten.

Darum seine selbstverständliche Antwort aus Kreta auf den dort ein halbes Jahr lang liegen gebliebenen Brief. Der

Zufall hatte für ihn ein anderes Bild meiner Einstellung zu ihm gemalt. Das erklärte mir nun manches unverständlich Selbstverständliche seines Schreibens.

„Neue Sachen rühre ich oft monatelang nicht an, bis ich einfach sonst nichts Frisches mehr habe …" So stank er ja, nach wochenlang getragenen Hüllen, auch zuletzt, am Bahnhof.

„… dann habe ich auch nur selten eine Waschmaschine zur Verfügung; die Schattenseiten des Streunerlebens …" Nach seiner Aussage wohnte er seit Jahren bei einem Freund. Besaß auch dieser keine Waschmaschine, so gab's doch überall Wäschereien. War er stets derart knapp mit dem Geld, dass er dieses dafür nicht verbrauchen konnte oder wollte? Lieber Alkohol um diesen Betrag erstand? Lieber Gestank an sich – vielleicht merkte er diesen gar nicht – in Kauf nahm?

„… außerdem bin ich faul. Also wieder etwas von mir preisgegeben." Wohl eher gleichgültig gegen sich selbst.

„… als wir uns trafen – oder besser: Sie mich am Bahnhof sahen, war ich nicht in bestem Zustand. Kaum geschlafen, ewige Zeit auf Achse, überdreht von tausend Eindrücken, Erlebnissen, guten wie unguten; letztlich sind sie alle schön; da wirkte ich wahrscheinlich nicht beeindruckend, vielleicht sogar unhöflich?" Recht hatte ich mit meiner Bezeichnung als Lebenskünstler. Er nennt ungute Eindrücke letztlich noch schön. Modelt sich Schlechtes zu Gutem. Wollte er beeindruckend sein? Auf mich? Da blitzt doch ein männlicher Instinkt hervor. Unhöflich? Meint er das Einander-nicht-die-Hände-Reichen? – Da wären wir quitt.

„… natürlich bin ich kein Abenteurer, das wäre eitel. Ich kann Dinge, die ich will, nur dann tun, wenn ich spüre, dass der richtige Augenblick dazu ist. Alles muss reifen; erzwingt man es, dann wird's zu Krampf und Verdruss." Er wäre also gern ein Abenteurer, sieht sich jedoch nicht als solchen. Aber seine Lebensweise ist doch danach. Merkwürdige Eigeneinschätzung seinerseits.

„… Ich kaufte kein Bier, war viel zu müde; wollte Sie vielleicht ein wenig ärgern – wahrscheinlich sollte ich da mit Ihnen nicht spaßen." Die Bagatellisierung des Trinkens. Da ich meine Abneigung dezidiert erklärt habe, eine verbale Spitze dagegen.

„… Der im Bekleidungspaket beigelegte Brief war sehr direkt – rührend wegen Ihrer Fürsorge. Doch ich fühle mich nicht als Säufer und halte es schon gar nicht für nötig, eine Entziehungskur zu machen. Solange ich Humor und unbändige Lebensfreude habe, trinke ich meine bescheidenen Schlückchen, ich war noch nie krank." Ein gewisses Stadium des Alkoholismus beinhaltet Euphorie.

„… Die desolaten Zähne sind familienbedingt. Mutter, Großmutter." Sicherlich sind Zähne Erbgut. Doch diese in schlechtem Zustand zu belassen, basiert auf Selbstverschulden, Selbstmissachtung, Angst vor Behandlung, Geldmangel.

„Da Sie die Trinkerheilstätte recherchierten: Ich suche eine preiswerte Zahntotalreparatur, das wäre eine echte Hilfe, mir fällt nichts ein. Niemand hat sich von mir abgewandt, wie Sie schreiben. Ich mag bloß keine großen Ansammlungen, lieber Einzelwesen; brauche das Alleinsein. Vielleicht führt auch das zu einer etwaigen Verwahrlosung und Nachlässigkeit fürs Äußere." Sandler sehe ich öfter in Gruppen, stimmt. Die gleiche Lebensform, ein Einverständnis der Situation.

„… Lebe ich zu lange und zu eng mit einer Frau zusammen, dann breche ich aus. Auch wenn es da stets Waschmaschine und Bad gab; was ich selbstverständlich schon genieße. Das waren ungefähr 3 x 5 Jahre; diese scheinen meine magische Grenze zu sein. Es war jeweils sehr schön und doch zu viel. Jetzt wissen Sie schon einiges über mich."
15 Jahre Zweisamkeit bei einem Mann über fünfzig. Wenn ich annehme, dass dies wohl eher die jüngeren Jahre waren,

so lebt er ungefähr die letzten 10 Jahre in diesem verkommenen Zustand, entsozialisiert sozusagen.

„… Mein Plan: Ich will mich jetzt fest hier niederlassen, nur noch Kurzurlaube. Brauche einen ruhigen Platz zum Leben und diese oder jene Arbeit oder beides. Ich muss stets einiges gleichzeitig machen – dann bin ich paralysiert; irgendetwas kommt immer dabei heraus." Ungewollt musste ich lachen. Er hatte ein falsches Verb verwendet. Ein Freud'scher Verschreiber. Paralysiert bedeutet gelähmt sein. Paralyse ist Hirnerweichung, in deren Folge Sprach- und Schreibstörungen, Kritiklosigkeit, zunehmende seelische Abstumpfung auftreten. Vermutlich meinte er elektrisiert, quasi den Stromstoß, den Ansporn durch Vielfältiges.

„… Ihre Frage: wichtigster Mensch … Vielleicht zu oft. Ich habe einige Frauen verletzt, weil ich mich zurückzog. Wie schon erwähnt, Nähe wird mir irgendwann zu viel, zuletzt vor drei Jahren. Ein sehr junges Geschöpf. Das war Liebe und Vaterersatz. Sie wollte nicht mehr leben, mit 25 Jahren! Hatte ihr Diplom in Psychologie gemacht. Wir konnten nicht zusammenbleiben. Sie war zu jung oder ich zu alt. Völlig verschiedene Welten."

Er hatte demnach meine länger zurückliegende Frage, wann er zuletzt der wichtigste Mensch für einen anderen gewesen, zuvor nur teilweise beantwortet, bloß den Freund der letzten Jahre genannt. Merkwürdig scheint mir sein Wundern darüber, dass ein junger Mensch lebensunfroh, auch lebensüberdrüssig sein konnte. Anscheinend war ihm Lebenslust angeboren. Sein Verwundern darüber, trotz psychologischer Kenntnisse mit dem eigenen Dasein nicht zurechtzukommen, scheint mir gleichfalls erstaunlich. Anderen mit theoretischem Wissen beizustehen ist eine Sache, eigenes Leben gut zu gestalten eine zweite.

Dass sein Blick auf die Welt durch gelebte Jahre ein anderer, ein Brückenschlag zu junger Unerfahrenheit und Verzweiflung schwierig ist, scheint mir selbstverständlich; wohl nur im Zeichen von Verständnis und großer beiderseitiger Liebe möglich; und diese Kombination ist selten. Bei ihm, dem Nähe der Auslöser zur Flucht ist, wohl gar nicht möglich.

„… Ihr Garten, das wäre vielleicht spannend. Ich verbrachte meine Kindheit in einem solchen. Nebenbei gäbe es Gelegenheit für endlose Gespräche; wir werden sehen."
Dieser Satz schockte mich. Ich hatte in meinen Briefen nichts mehr davon erwähnt, habe mein Alleinsein als weitere Bürde akzeptiert und meine Zukunft danach geplant. Es war mein Fehler, dies nur für mich zu denken, mich darüber ihm gegenüber nicht mehr zu äußern.

„… Jetzt muss ich aber erklären, warum ich schreibe, statt anzurufen: Ich telefoniere sehr ungern. Meist erreicht man Menschen im falschen Augenblick, unvorbereitet, während man selbst den für sich richtigen Moment wählte. Ich habe versucht, Sie anzurufen."
Herzliche Grüße Alexander

P. S.: Ich möchte Ihnen auch sagen, dass Ihre Lebensvorwürfe ziemlich zutreffend sind und jede Verteidigung sinnlos wäre. Tatsächlich ließ ich mich ein Leben lang gehen, verlor viel und gewann noch mehr, habe gefressen, gesoffen (meinetwegen), aber auch geliebt, fast nie gehasst (eigenartig). Mein Leben war und ist schön und schwierig, aufregend und schmerzhaft.
Übrigens: Alle großen Dichter waren große Säufer – was natürlich keine Ausrede sein soll. Bis bald, Alexander

---

Diesen Brief hat er sicher in nüchternem Zustand geschrieben. Ehrliche Worte. Zeigen von Zufriedenheit mit dem Vergangenen. Lebensbejahung durchzieht jede Schilderung. Ich lache etwas ärgerlich über seine Spitze, jeder große Literat wäre Alkoholiker. Denn obwohl dies für einige zutrifft – er hat jedenfalls keine Zeile von dem geplanten Drehbuch geschrieben. Und ein Anruf steht mir also wieder ins Haus.

Mai

Gestern war er im Garten. Zuvor rief er an, sagte, er habe nur wenige Münzen für den Automaten. Ich dachte sofort, sein finanzieller Status war wohl so, dass er nicht in eine Telefonwertkarte Geld investieren konnte. Ich war zu feige, in einem kurzen Satz zu sagen, dass ich ihn in meine weitere Wirklichkeit nicht mehr einbezogen habe.

Auf meine Frage, ob er sich noch entsänne, wo mein Garten läge, bejahte er, wusste die Bahnstation, nannte die Abfahrtszeiten, erklärte, den Weg zum Haus zu finden.

Ich beschloss, ihn abzuholen. Stellte mich seitlich des Wartehäuschens. Wollte ihn beobachten. Als er ausstieg, ging er zielstrebig den richtigen Weg. Er steckte in seinen strapazierten Schuhen, einer fleckigen Jeans, einer Regenjacke. Bart- und Haupthaar waren geschnitten. Ich holte ihn ein. Sein Gesicht war bläulich aufgedunsen, die Lidränder entzündet. In der Sonne konnte er kaum die Augen offen halten.

Von der kalten Platte, die ich ihm vorsetzte, aß er kaum; erklärte, er gehe abends meist in die Bahnhofsgaststätte, welche Speisen und Getränke eine Stunde vor dem Schließen zum halben Preis anbiete. Er würde vor zwei, drei Uhr nicht schlafen. Abermals hatte er seine dick bepackte Tasche mit sich. Ich glaube nicht, dass er bei einem Freund wohnt. Er sagte, derzeit habe er keinen Auftrag für einen Lautenbau, er helfe bei anderen Restaurierungsarbeiten in der Werkstatt.

Ich erwähnte das Drehbuch nicht. Seine Jacke stank, der Pullover war sauber. Sein Hals, die Hände, nicht nur die Nägel waren schmutzig. Ich erklärte, keinen preisgünstigen Dentisten zu kennen, da ich meine sämtlichen Zähne besitze, jedoch den Medien entnommen hatte, dass demnächst die Ambulatorien zu niedrigsten Gebühren Zahnersatz fertigen würden. Erfuhr, dass er seinen im Vorjahr beim Schwimmen im stürmischen Meer verloren hatte.

Er meinte, er würde frühestens in einem Jahr wieder nach Kreta fahren, da er seine Schulden – die Rückreisekosten waren ihm von seinem Freund vorgestreckt worden – abzahlen musste.

Ich sagte, dass ich es mir überlegt habe und keinen Umbau am Gartenhaus vornehmen wolle, auch die anfallenden Arbeiten irgendwie alleine schaffe.

Er trank wie selbstverständlich seine mitgebrachten Bierdosen, da ich ihm diesmal nur Mineralwasser anbot. Ich wusste nicht, was ich mit ihm reden sollte. Er schlief am Sessel ein.

Ich ertrug seine Anwesenheit nicht länger, log, ich hätte abends einen Termin in der Stadt. Gemeinsam fuhren wir in der Bahn zurück. Er schwieg. Ich auch. Er sagte, falls ich es mir mit der Gartenhilfe überlege, könne ich ihn ja verständigen und es war schön gewesen, einander zu schreiben …

Als er mir den Zeitpunkt seiner Abreise von Kreta mitteilte, wusste ich, dass mein letzter Brief ihn dort nicht mehr erreicht hatte. Das Kuvert würde demnach, wie das allererste, in der Sammelschachtel in Lakis Kafenion liegen. Er sagte, falls er wieder hinführe, würde er es vorfinden; denn so schlampig Lakis sei, in all den Jahren sei noch kein Poststück verkommen.

Gespenster-6-linge
Helga Schicktanz

Sechs witzig-amüsante Gespenstergeschichten finden sich in dem originellen Kinderbuch für 8–10-jährige von Helga Schicktanz. Die Gespenster wachsen dem Leser schon nach wenigen Seiten ans Herz. So erinnern uns die nächtlichen Spukgestalten eher an kleine menschliche Wesen, die manchmal keine Lust zum Spuken haben, manchmal tollpatschig sind und eigentlich nur eine Aufgabe haben: Menschen zur Geisterstunde um Mitternacht zu erschrecken. Oder gibt es vielleicht ein Gespenstergespenst, das lieber seinen Artgenossen Angst einjagen möchte? Und was macht eigentlich ein Knistergespenst?
Die Antworten auf diese Fragen und viel Interessantes und Neues über Gespenster finden sich in diesem Buch.

ISBN 3-900693-00-5 · Format 13,5 x 21,5 cm · ca. 70 Seiten · € 11,90